Die Schwarze Fledermaus

Band 2

A.S. Jones

DAS FALSCHE OPFER

BLITZ

Diese Reihe erscheint als **exklusive Sammler-Edition** und wird auf nur 275 Exemplare limitiert.Der sichere und lückenlose Bezug ist nur mittels einer automatischen Belieferung durch den BLITZ-Verlag garantiert. Dieses Abo kann jederzeit problemlos per E-Mail wieder gekündigt werden. Eine Bestätigungs-Mail erhalten Sie binnen 24 Stunden. Die jeweiligen Titel werden Ihnen bevorzugt und portofrei zugesandt. Die automatische Belieferung können Sie übers Internet unter www.BLITZ-Verlag.de oder per Fax (02771/360677) anfordern.

BLITZ-Verlag, PF 1168, 51556 Windeck

Redaktion: Nico Mathies
Covergrafik: Rudolf Lonati
Umschlaggestaltung und Satz: Mark Freier, München
Druck und Bindung: Bercker GmbH & Co. KG, Kevelaer

www.BLITZ-Verlag.de
ISBN 978-3-89840-485-3

Als der Schuss die Bewohner des kleinen Vorortes aufschreckte, hatte der Mond sich gerade hinter einer Wolke verzogen, und das trübe Licht der weit auseinander stehenden Straßenlaternen reichte nicht aus, Gehwege und Straßen zu erhellen. Selbst ein aufmerksamer Beobachter hätte den dunklen Schatten, der über den Rasen vor dem Haus der Grants huschte und in ein bereitstehendes Auto sprang, kaum sehen und erst recht nicht identifizieren können. Das jaulende Aufheulen eines frisierten Motors erklang, und dann raste der dunkle Wagen rücksichtslos durch die leere Straße. Um diese Zeit war hier niemand unterwegs. Für Milchmann und Zeitungsboten war es noch zu früh, und Nachtschwärmer gab es in dieser Gegend kaum. Hier wohnten hauptsächlich ältere Leute, die sich ein kleines Vermögen erarbeitet hatten und nun ihren wohlverdienten Ruhestand genießen wollten.

Im Haus der Grants ging das Licht an, und ein scheinbar nicht enden wollender Schrei des Entsetzens übertönte das immer leiser werdende Motorengeräusch. Zu diesem Zeitpunkt standen die Nachbarn der Grants bereits hinter der Gardine ihres Schlafzimmers. Es lag im oberen Stockwerk, und man hatte von hier aus einen guten Überblick über die Straße und das Anwesen nebenan. Der alte Mann war Soldat gewesen und hatte das ungewohnte Geräusch sofort als Schuss identifiziert.

„Siehst du etwas?", fragte seine bessere Hälfte, während sie nach ihrer Brille tastete, die natürlich nie dort lag, wo sie hingehörte.

„Das Licht ist angegangen. Ob das Debbie ist, die so

schreit? Ich glaube, ich sollte mal rüber gehen und nachschauen."

„Nimm die Flinte mit. Vielleicht sind Einbrecher unterwegs." Mrs Olson kannte ihren Mann gut genug, um gar nicht erst zu versuchen, ihn von seinem Vorhaben abzuhalten. Er zog einen wattierten Morgenrock über und klemmte sein altes Jagdgewehr unter den Arm. Vorsichtig schaute er erst nach allen Seiten, bevor er die Haustür hinter sich zuzog, um zum Nachbargrundstück hinüberzugehen. Fast im gleichen Moment wurde dort die Haustür aufgerissen, und Debbie Grant stürzte in einem recht offenherzigen Nachtgewand heraus. In dem Lichtschein, der durch die geöffnete Tür fiel, erkannte Olson, dass sie direkt aus dem Bett kommen musste. Sie war barfuß und trug dicke Lockenwickler im Haar. So aufgelöst hatte er die elegante Nachbarin noch nie erlebt. Sie schrie Zeter und Mordio.

„Um Himmels Willen, Mrs Grant, was ist denn geschehen?"

Jetzt vergaß er jede Vorsicht und rannte, so schnell seine alten Beine ihn trugen, auf die Frau zu.

„Oh, Mr Olson, es ist furchtbar!" Debbie Grant stürzte in seine Arme und umklammerte ihn Hilfe suchend. In ihren Augen spiegelte sich blankes Entsetzen. „Sie haben ihn erschossen ... einfach so ... und überall ist Blut ... mein armer Mann ... es ist so schrecklich!"

Hilflos streichelte Mr Olson der weinenden Frau über den Rücken.

„Wir rufen sofort die Polizei! Kommen Sie erst einmal mit zu uns." Er schob Debbie Grant die Stufen zum Eingang hinauf, bat seine Frau, die schluchzende Nachbarin zu beruhigen und ging dann noch einmal hinaus. Bevor er die Polizei rief, wollte er selbst nachschauen, was nebenan geschehen war. Schließlich kannte er Debbie als leicht erregbare Frau, die zu Übertreibungen neigte, und vielleicht konnte er ihrem Mann ja noch helfen. Er war im Krieg gewesen und sicher, dass ihn nichts mehr erschüttern konnte. Ein Irrtum. Der Anblick, der sich ihm bot, war so grauenvoll, dass er keinen zweiten Blick riskierte, sondern schnellstens in die Sicherheit seines Hauses zurückkehrte.

Gemeinsam warteten sie auf die Polizei, die bald mit heulender Sirene und Blaulicht erschien. Durch das Fenster beobachteten sie, wie ein untersetzter Mann mit Schlapphut und grauem Schnurrbart Befehle bellte. Die Spezialisten verteilten sich schnell und geübt im ganzen Haus und suchten nach Spuren, während andere mit gleichem Auftrag das Haus umrundeten.

„Schöne Schweinerei!", knurrte McGrath, Inspektor des Morddezernats, während er den Hut in den Nacken schob und auf einer kalten Zigarre herumkaute, die bald genauso zerfranst aussah wie sein struppiger Bart. Vor dem Kamin lag die übel zugerichtete Leiche eines Mannes im Schlafrock. Sein Gesicht war nur noch eine blutige rote Masse. Und Blutspritzer waren auch auf dem Teppich und am Kamin zu sehen.

„Der Kerl muss ganz schön heftig zugeschlagen haben. Und nicht nur einmal." Er blickte sich nach einem Tatwerkzeug um. „Wie sieht's aus? Habt ihr schon etwas gefunden?"

Ein Mann der Spurensicherung kam zu ihm hinüber und nickte. „Etwas können wir schon mit Sicherheit sagen: Eine oder mehrere Personen sind durch das Kellerfenster eingestiegen. Wir fanden dort unten Glasscherben am Boden und ein paar Schmutzkrümel neben der Leiche. Den Fußspuren nach handelt es sich um eine Person, absolut sicher können wir aber noch nicht sein. Vermutlich wurde der Täter vom Hausherrn überrascht, als er dabei war, die Wertsachen einzupacken. Er hat brutal und anscheinend ohne Zögern auf das Opfer eingeschlagen. Das Tatwerkzeug wurde noch nicht gefunden. Der übliche stumpfe Gegenstand. Womöglich war er wertvoll, und der Dieb hat ihn mitgenommen." Der Mann grinste leicht und hob die Schultern. „Genaueres sagt Ihnen der Arzt. Er ist noch dabei, die Wunden zu vermessen, was bei dem Zustand nicht ganz einfach ist."

McGrath beneidete den Doktor nicht um seine Arbeit. Mit einem winzigen Maßband versuchte er, die Größe des Tatwerkzeuges festzustellen. Doch noch bevor der Inspektor eine Frage stellen konnte, wurde er von einem Streifenpolizisten gestört. „Sir, die Ehefrau des Opfers wartet nebenan. Die Olsons haben ihr angeboten, zunächst bei ihnen zu bleiben. Falls Sie die Dame noch befragen möchten ... Ich meine, wir sollten sie nicht allzu lange warten lassen." McGrath warf ihm einen bösen Blick zu. Doch dann nickte er. Der Mann hatte recht. Der Inspektor nahm die Zigarre aus dem Mund, blickte sie angeekelt an und warf sie in den nächsten Papierkorb. Dann folgte er dem Beamten.

Mrs Grant hockte in sich zusammengesunken auf dem Sofa, eine Tasse mit heißem Kakao in den Händen. Beide Olsons hatten sich inzwischen angezogen und Debbie einen bunten Morgenmantel geliehen, der ihr zwei Nummern zu groß war. Aus rot geweinten Augen starrte sie den Inspektor an.

„Mein Mann schlief schon, ich hatte ein Buch gelesen und lag noch wach, da hörte ich ein Geräusch von unten. Unser

Schlafzimmer liegt im oberen Stockwerk, wissen Sie, und da habe ich meinen Mann geweckt. Oh, hätte ich doch bloß nichts gesagt! Wenn wir uns ganz still verhalten hätten, dann könnte John noch leben. Warum habe ich ihn nur geweckt?" Sie begann zu schluchzen. Der Inspektor fühlte sich unbehaglich. Mit weinenden Frauen konnte er nicht gut umgehen. „Ja, und dann ist John hinuntergegangen, um nachzusehen. Und dann hörte ich den Schuss und dann ..." Wieder brach sie in Tränen aus. Mrs Olson reichte ihr ein frisches Taschentuch.

McGrath stutzte. Von einem Schuss war bisher noch nicht die Rede gewesen. „Wie ging es weiter?"

„Ich hatte Angst. Ich habe gewartet ... und erst als sich nichts rührte, bin ich langsam nach unten gegangen. Und dann ... dann habe ich ihn da liegen sehen und überall Blut. Es war entsetzlich!" Mr Olson, der dicht neben ihr auf dem Sofa saß, strich ihr unbeholfen über den Kopf, was ihm einen bösen Blick seiner Gattin einbrachte, den er jedoch nicht zu bemerken schien. Der Polizeiinspektor jedoch, gewohnt auf jede Kleinigkeit zu achten, sah es, und um seine Mundwinkel zuckte es kurz auf. Dann aber dachte er an die Arbeit, die ihm und seinen Leuten bevorstand, und seufzte tief. Der Fall bedeutete wieder einmal Überstunden und gestrichene freie Wochenenden. Er warf einen Blick durch das Fenster. Gerade bog der Leichenwagen in die Einfahrt. McGrath überlegte, ob er die Frau bitten konnte, hinüberzugehen und nachzusehen, ob etwas fehlte, sobald die Leiche abtransportiert war. Sie schien sich allmählich wieder zu beruhigen. Oder sollte er taktvollerweise doch lieber bis zum Nachmittag warten? Die Entscheidung wurde ihm abgenommen, denn jetzt fragte Mrs Grant: „Es kann doch nur ein Einbrecher gewesen sein, der stehlen wollte und von meinem Mann überrascht wurde, oder?“

Der Inspektor brummte, nickte kurz und fragte dann: „Können Sie mit hinüberkommen und einmal nachsehen, was fehlt? Ein grober Überblick genügt zunächst. Es besteht immerhin die Möglichkeit, dass ...“ Er zögerte.

„Was? Sie glauben doch nicht etwa, jemand hätte es absichtlich auf meinen Mann abgesehen? John war so ein guter Mensch. Er hatte keine Feinde. Überhaupt keine. Ganz bestimmt nicht.“ Sie schniefte. Dann gab sie sich einen Ruck und meinte entschlossen: „Ich werde nachschauen.“

„Vielen Dank, das ist sehr tapfer von Ihnen. Uns ist bisher nur eine leere Stelle an der Wand aufgefallen. Ich kann mir vorstellen, wie Sie sich fühlen. Möchten Sie vielleicht ein Beruhigungsmittel? Unser Arzt kann Ihnen eines geben, wenn Sie wollen.“

„Nein, Danke, ich komme schon zurecht. Wenn ich nur erst den Kakao austrinken darf? Heiß und süß ist gut für die Nerven.“

McGrath nickte und wandte sich zur Tür. Als er den Rasen überquerte, bemerkte er, dass der Leichenwagen fort war und ein schwarzer Buick in der Einfahrt stand, den er nur zu gut kannte. Der Wagen gehörte dem Staatsanwalt, mit dem er am liebsten zusammen arbeitete, obwohl er ihm nicht so recht traute. Er eilte durch den Vorgarten zur Haustür, die nur angelehnt war. Schon im Flur hörte er das sonore Organ des Anwalts, der eine Frage stellte.

„Guten Abend, Mr Quinn, oder besser guten Morgen. Wer hat Sie denn um diese frühe Stunde aus dem Bett geworfen? Oder sollten Sie noch gar nicht geschlafen haben?“

„Aber Inspektor McGrath“, lachte Tony Quinn. „Schon

wieder diese seltsamen Andeutungen? Kommissar Warner rief an und bat mich her. Der Fall scheint ein wenig delikat, da Grant für den Stadtrat kandidieren wollte. Also soll ich mal wieder die heißen Kastanien aus dem Feuer holen. Was können Sie mir sagen? Wie ich höre, ist die Leiche bereits abtransportiert."

McGrath musterte misstrauisch den Staatsanwalt, der freundlich lächelte, dabei aber niemanden ansah. Die tiefen Narben rund um die toten Augen sprachen eine deutliche Sprache. Trotzdem konnte McGrath nicht so recht an die Blindheit des anderen glauben. Für seinen Geschmack hatte der Blinde viel zu viele Fälle scheinbar problemlos gelöst, und viel zu oft war er ganz plötzlich genau dort aufgetaucht, wo McGrath die Schwarze Fledermaus vermutete, jene sagenhafte Spukgestalt, die ganz in Schwarz gekleidet nachts auf Verbrecherjagd ging. Auf der anderen Seite konnte er sich nicht vorstellen, dass jemand die Rolle eines Blinden so vollendet spielen konnte. Quinns Begleiter, sein Freund und Diener Silk Kirby, grinste den Inspektor spöttisch an. Er kannte die Gedankengänge des Polizisten und amüsierte sich im Stillen darüber.

McGrath knurrte. „Hm ja, wie es aussieht, ist der Täter durch den Keller eingedrungen, wurde vom Hausherrn überrascht und hat diesen erschlagen. Kein Fall für die Schwarze Fledermaus. Eine Sache ist allerdings komisch, die Nachbarn und auch seine Frau behaupten, einen Schuss gehört zu haben. Dabei wurde dem Opfer ganz offensichtlich der Schädel eingeschlagen. Entschuldigen Sie mich einen Moment."

Während er seinen Leuten befahl, nach einer Patronenhülse und Kugel zu suchen, schilderte Silk dem Staatsanwalt den Tatort. Die Umrisse des Toten waren deutlich eingezeichnet, auch die Blutflecke waren noch zu sehen, neben dem Tisch lagen ein umgeworfener Stuhl sowie zwei Kerzenhalter und eine Blumenvase am Boden.

„So, da bin ich wieder, Mr Quinn. Also die Sache mit dem Schuss finde ich schon seltsam. Auf den ersten Blick hatte der Tote keine Schusswunde, aber wir haben natürlich auch nicht danach gesucht ... und außerdem hat er mehr als einen Schlag abbekommen. Der Schädel wurde ganz schön zermatscht. Ein scheußlicher Anblick. Nun ja, die Einzelheiten wird die Obduktion klären. Die Ehefrau hält sich noch bei den Nachbarn auf, das war ein heftiger Schock für sie. Aber sie kommt gleich, um zu schauen, ob etwas fehlt. Ein Safe wurde nämlich nicht aufgebrochen, aber vermutlich wurde der Täter durch den Hausherrn gestört. Ah, da ist sie ja."

McGrath eilte ihr entgegen, während Quinn eine dunkle Brille aus der Tasche zog und aufsetzte, offensichtlich, um der gepeinigten Frau den Anblick seiner Narben zu ersparen.

Vor Jahren hatte ein niederträchtiges Säureattentat das Augenlicht des jungen erfolgreichen Staatsanwalts zerstört. Ein angeklagter Gangster hatte Beweismittel vernichten wollen, doch statt der Papiere den Staatsanwalt getroffen. Die ätzende Flüssigkeit hatte ihre Spuren in seinem Gesicht hinterlassen. Die Narben verheilten allmählich, nur das Augenlicht konnten ihm auch die besten Ärzte nicht wiedergeben. Nur langsam hatte Quinn sich mit seinem Schicksal abgefunden. Er erlernte die Blindenschrift und erlebte, wie seine anderen Sinne sich in ungeahnter Weise schärften. Während dieser Zeit stieß Silk Kirby zu ihm, der ihm nicht nur ein unentbehrlicher Diener, sondern auch sein bester Freund wurde. Und noch jemand trat in sein Leben: Carol Baldwin. Ihr Vater, ein Polizeisergeant im mittleren Westen war von einem Verbrecher niedergeschossen worden und lag im Sterben. Er hatte Quinn und seinen Kampf gegen das Verbrechertum stets bewundert und von seinem Unglück und dem daraus resultierenden Ende seiner Laufbahn gehört. Deshalb schickte er seine Tochter Carol nach Chicago. Sie unterbreitete dem ehemaligen Staatsanwalt ein ungewöhnliches Angebot. Ihr Vater wollte Tony Quinn das Augenlicht wiedergeben und erklärte sich zu einer Netzhauttransplantation bereit. Ein unbekannter Arzt im Westen wagte die Operation, und das Wunder geschah. Als man nach einigen Wochen die Verbände entfernte, konnte Quinn wieder sehen. Mehr noch, mit seinen neuen Augen vermochte er selbst tiefste Dunkelheit zu durchdringen. Quinn beschloss, diese Gabe im Kampf gegen die Verbrecher zu nutzen. Würde er jedoch dort anknüpfen, wo er vor seiner Erblindung aufgehört hatte, würde er über kurz oder lang mit einer Kugel oder einem Messer im Rücken enden. Also entschloss er sich, für die Öffentlichkeit blind und hilflos zu bleiben und insgeheim, im Schutze der Nacht die Gangster, anzugreifen. So entstand jene geheimnisvolle Gestalt der Schwarzen Fledermaus, ein maskierter Gangsterjäger, vor dem die Unterwelt mehr zitterte als vor der Polizei. Während er sich tagsüber in seiner Eigenschaft als Staatsanwalt für Sonderaufgaben streng an die Regeln der gesetzlichen und polizeilichen Bestimmungen hielt, konnte er sich nachts als Schwarze Fledermaus über die oft hinderlichen Grenzen der Bürokratie hinwegsetzen.

Außer Carol Baldwin, der er inzwischen in tiefer Liebe

zugetan war, und Silk Kirby gab es noch einen dritten Menschen, der zu dem Freundeskreis gehörte und Tonys Geheimnis kannte. Butch O'Leary war ein Riese von Gestalt und breit wie ein Kleiderschrank. Er war zwar etwas schwerfällig im Denken, aber seine Treue und Anhänglichkeit waren unbeschreiblich. Mit seinen ungeheuren Körperkräften hatte er Tony schon häufiger wertvolle Dienste geleistet.

Obwohl die Schwarze Fledermaus der Polizei oft geholfen hatte, musste sie sich doch vor Inspektor McGrath in Acht nehmen, der immer wieder aufs Neue schwor, den nächtlichen Jäger zur Strecke zu bringen und zu verhaften, da der sich viel zu oft über die Vorschriften hinwegsetzte. Wie er je auf die Idee gekommen war, Tony Quinn könnte sich hinter der Maske verbergen, wusste er wohl heute selbst nicht mehr. Wie oft hatte er schon versucht, Quinn festzunageln, doch bisher war ihm die Schwarze Fledermaus jedes Mal wieder entwischt.

Deshalb blieb er wachsam und misstrauisch, als er jetzt Mrs Grant, die Frau des Toten, zu Quinn führte und sie einander vorstellte. Neugierig musterte sie den Staatsanwalt.

„Nein", sagte sie auf seine Frage. „Ich habe oben im Schlafzimmer nur den Schuss gehört, sonst nichts. Aber vielleicht war ich einfach nur zu ängstlich, um auf andere Geräusche zu achten." Sie warf einen scheuen Blick auf den Platz vor dem Kamin. „Hier auf dem Kamin und dort in der Vitrine standen ein paar wertvolle alte Uhren. Mein Mann sammelte sie, ich verstehe nichts davon, deshalb kann ich Ihnen nicht einmal sagen, wie viel sie wert sind, aber die Versicherung wird es wissen, und da drüben hing ein Constable."

„Was hing da?", rief McGrath und riss die Augen auf.

„Eine Landschaft von John Constable. Das war ein Maler aus dem 18.Jahrhundert. Mein Mann hat das Bild einmal als Sicherheit von einem Kunden bekommen."

„Und das?" McGrath wies auf ein anderes Bild über der Sitzgruppe. Mrs Grant lachte, um sich gleich darauf wieder eine Träne aus dem Auge zu wischen. „Eine echte Fälschung. Als John mit seinem Immobiliengeschäft begann, hat er von einem Freund diesen Monet malen lassen und in seinem Büro aufgehängt."

„Was? Eine Fälschung? Das ist doch ...!"

„Moment Inspektor, da er nie behauptet hat, das Bild sei echt und es auch nie verkaufen wollte, haben wir uns nicht strafbar gemacht. Es diente lediglich dazu, ein paar neureiche Snobs zu beeindrucken. John hat das Bild immer nur als Familienerbstück bezeichnet, mehr nicht. Die meisten versanken dann in Ehrfurcht, und es war für ihn viel leichter, mit diesen Möchtegern-Kunstkennern Geschäfte zu tätigen. Irgendwann hatten wir uns so an das Bild gewöhnt, dass wir es aus sentimentalen Gründen behielten. Aber das zeigt, dass der Dieb ein Kenner sein muss, nicht wahr? Das einzige echte und wertvolle Bild hat er mitgenommen und die Fälschung hängen lassen."

McGrath knurrte nur.

„Wo bewahren Sie Ihren Schmuck auf?", fragte Quinn.

„Im Safe. Da kann niemand ran. Oder doch? Er befindet sich im Arbeitszimmer meines Mannes." Erschrocken wollte sie zur Treppe eilen.

„Beruhigen Sie sich. Soweit ist der Einbrecher offensichtlich nicht gekommen. Im Arbeitszimmer wurde nichts angerührt."

„Dann hat mein armer Mann den Gangster vorher überrascht."

„Sieht so aus. Hm, ein paar Uhren und ein Bild. Und dafür hat der Kerl einen Menschen ermordet." Der Inspektor schüttelte den Kopf. „Haben Sie noch Fragen an Mrs Grant?", wandte er sich an den Staatsanwalt. Der verneinte. „Gut, eine Beamtin begleitet Sie zu den Olsons zurück. Wir werden noch einige Zeit brauchen, um alles gründlich zu durchsuchen. Am besten, Sie packen ein, was Sie für den heutigen Tag benötigen."

„Ja, natürlich, verzeihen Sie mein Aussehen, aber ich ..." Bevor sie wieder in Tränen ausbrechen konnte, rief McGrath eine Polizistin, die sich um die Frau kümmerte.

„Nun, was meinen Sie, Quinn? Die Sache scheint ziemlich eindeutig, nicht wahr?"

Quinn nickte. „Das Diebesgut zu finden, dürfte nicht schwierig sein. Die Versicherung besitzt genaue Beschreibungen, und seltene Uhren fallen auf. Lassen Sie Ihre Leute alle in Frage kommenden Hehler überprüfen. Ich werde jetzt erst einmal frühstücken und dann ins Büro fahren. Schicken Sie mir die Berichte dorthin." Er drehte sich um und streckte seinen Stock aus. Doch noch bevor er einen Schritt gehen konnte, sprang sein Freund und Diener Silk Kirby hinzu und geleitete den blinden Staatsanwalt hinaus.

Im Buick, den Silk schnell und sicher nach Western Springs lenkte, versank Quinn in tiefes Grübeln. Silk, der seinen Chef gut kannte, schwieg, bis sie in die Clinton Street einbogen. Dann meinte er: „Schade, ich hätte mir einen interessanteren Fall gewünscht. Diese Sache wird McGrath im Handumdrehen geklärt haben. Wieder nichts für die Schwarze Fledermaus. Wir werden noch einrosten, besonders Butch, wenn der seine Fäuste nicht gebrauchen kann."

„Ich weiß nicht, Silk, es gibt da ein paar Ungereimtheiten, die mir nicht gefallen. Wetten, dass wir in der Sache noch genug zu tun bekommen?"

Silk stutzte, dann schmunzelte er. „Mit Ihnen wette ich nicht, Chef. Sie behalten viel zu oft Recht. Aber freuen würde es mich, endlich mal wieder aktiv werden zu können."

Er fuhr den Wagen an den Bordstein und hielt. Quinn stieg aus und ging langsam auf das Haus zu, während er mit seinem weißen Stock den Weg vor sich abtastete. Für die Nachbarn bot er ein gewohntes Bild. Selbst im Haus behielt er das Verhalten eines Blinden bei, bis er sicher war, dass sich niemand eingeschlichen hatte und niemand ihn beobachten konnte.

Als sie gemeinsam beim Frühstück saßen, bat er Silk, Carol und Butch anzurufen und sie zu bitten, möglichst viel über das Ehepaar Grant herauszufinden.

„Aber warum, Sir? Sie glauben doch nicht, dass jemand den Mann umbrachte, weil er für den Stadtrat kandidieren wollte? Das hätte der Mörder doch viel einfacher haben können. Ein Schuss aus einem fahrenden Auto, ein Messerstich im Gedränge vor der Oper oder ähnlich hübsche Gemeinheiten. Warum sich die Mühe machen und einen Einbruch vortäuschen?"

Quinn zuckte die Schultern. „Ehrlich gesagt, ich weiß es nicht. Es ist reine Intuition. Du weißt, ich bin gern umfassend informiert."

Silk nickte und versprach, den Anruf sofort zu erledigen. Quinn tastete sich derweil zu seinem alten, gemütlichen Ledersessel vor dem Kamin und genoss eine Pfeife, während er nachdachte und wartete, dass Silk den Tisch abräumte.

Im Büro gab es eine Menge Routinearbeiten zu erledigen. Der Prozess gegen einen Rauschgifthändler musste vorbereitet werden, Zeugen waren zu vernehmen, Quinn diktierte und unterschrieb Schriftstücke und Anträge und schließlich, am späten Nachmittag tauchte Kommissar Warner auf.

„Hallo Tony, gibt es schon was Neues in der Sache Grant?", fragte er, als er sich vor Quinns Schreibtisch niederließ.

Quinn lächelte amüsiert. „Woher soll ich das wissen? Sollten Sie sich mit dieser Frage nicht besser an McGrath wenden? Er ist der leitende Ermittler."

Warner betrachtete sein Gegenüber nachdenklich. Auch ihn befiel häufig der Gedanke, dass es der Staatsanwalt war, der in der Maske der Schwarzen Fledermaus auf Verbrecherjagd ging. Sie ähnelten sich, was das konsequente Vorgehen und den Mut betraf. Im Gegensatz zu McGrath wollte Warner es aber gar nicht so genau wissen. Da die Schwarze Fledermaus sich häufig über Gesetze hinwegsetzte, hätte er sie verhaften und anklagen müssen. Und das wollte Warner auf keinen Fall, hatte die Schwarze Fledermaus doch schon oft geholfen, schwierige Fälle aufzuklären. Letztlich war das auch der Grund, weshalb er jetzt hier saß, statt bei seinem Inspektor.

„Eines an der Sache ist merkwürdig, Tony. Ich habe mir den Monet angeschaut. Die Fälschung ist hervorragend. Ich verstehe etwas von Bildern, habe aber vorsichtshalber einen befreundeten Experten zu Rate gezogen. Auch er hat die

Fälschung erst nach genauerer Untersuchung erkannt. Jetzt frage ich Sie, welcher Dieb ist so versiert, dass er auf den ersten Blick erkennt, was ein Kunstprofessor mit etwas Mühe herausfinden muss?"

„Hm, ich verstehe, was Sie meinen. Der Dieb muss schon vorher gewusst haben, dass es sich um eine wertlose Fälschung handelt oder er hatte einen genau umrissenen Auftrag."

„So sehe ich das auch. Und bei dem Auftrag kann es sich durchaus um einen verschleierten Mord handeln. Mit seiner Sauberkeitskampagne hat Grant sich ein paar einflussreiche Feinde gemacht."

Quinn unterdrückte seinen Ärger, als er an die sogenannte Sauberkeitskampagne dachte. Seiner Meinung nach diente sie in erster Linie dazu, Grant in einem positiven Licht erscheinen zu lassen, damit er möglichst oft in möglichst vielen Zeitungen erwähnt wurde. Sein Gerede über Sicherheit, Ordnung und Disziplin konnte weder den Bürger schützen, noch half es der Polizei bei ihrer Arbeit. Im Gegenteil. Viele leitende Polizeibeamte waren zu Pressekonferenzen, Podiumsdiskussionen und Seminaren abkommandiert worden, wo sie sinnlos Zeit vergeudeten.

Der Kommissar kicherte leise. „Ich kann mir denken, was Sie von seiner Kampagne halten, Tony, aber trotzdem, viele haben sie sehr ernst genommen. Hinter den Kulissen ist er einigen Leuten gehörig auf die Zehen getreten."

„Tatsächlich? Wem?"

„Ennio di Maggiare zum Beispiel. Grant hat dafür gesorgt, dass er wenigstens einen Puff schließen musste. Zugegeben, es ist nur ein kleiner Nadelstich, aber es hat Freund Ennio geärgert."

„Sieh mal an, und wissen Sie auch, wie er das geschafft hat?"

„Nicht genau, nein. Bei der Geschichte blieb die Polizei außen vor. Das haben die Anwälte untereinander ausgehandelt. Ich vermute, er hatte etwas gegen Ennio in der Hand."

„Warum dann nur ein Bordell? Maggiare besitzt mindestens fünf, dazu ein paar scheinbar harmlose Nachtclubs und hat außerdem seine Finger in diversen unsauberen Geschäften."

„Das werden Sie sicher herausfinden, wie ich Sie kenne. Und wenn nicht Sie, dann die Schwarze Fledermaus. Leben Sie wohl, Tony, auf mich warten Stapel von Akten."

Er nickte Silk grüßend zu und ging.

Der stieß sich vom Fenster ab, wo er gelehnt hatte, und kam zu Quinn an den Schreibtisch. „Das klang fast so, als würde auch er Sie für die Schwarze Fledermaus halten."

„Das tut er, aber er würde es niemals deutlich sagen. An die Arbeit. Such mir mal die Akte Mills raus. Das ist der Fall, der morgen früh verhandelt wird."

Obwohl Quinn sich auf seine Arbeit als Staatsanwalt konzentrierte, schweiften seine Gedanken doch immer wieder zu dem neuen Fall ab. Was Warner ihm über das gefälschte Bild berichtet hatte, stimmte ihn sehr nachdenklich.

Carol hatte den Tag in den Archiven diverser Zeitungen verbracht. Jetzt saß sie in Quinns geheimem Labor und ordnete ihre Notizen. Dieses Labor besaß zwei Zugänge, einer führte durch die Bücherwand in Quinns Bibliothek, der andere durch das Gartenhäuschen und einen unterirdischen Gang. Niemand außer den vier verschworenen Freunden kannte das Geheimnis. In Schränken und Regalen standen die neuesten wissenschaftlichen Geräte, die Quinn zur Verbrechensbekämpfung brauchte. Als er den Plan fasste, unerkannt als Schwarze Fledermaus gegen die Verbrecher zu kämpfen, hatte er sich in allen Bereichen der Kriminalistik fortgebildet und konnte die meisten Untersuchungen nun selbst durchführen.

Plötzlich schrak Carol auf. Aus dem unterirdischen Gang hörte sie leise Geräusche. Die Falltür flog auf. Blitzschnell hatte Carol ihre kleine Pistole in der Hand. Dann lachte sie befreit auf. „Meine Güte, Butch, musst du mich so erschrecken?“

„Entschuldige, das hatte ich nicht beabsichtigt.“ Er blickte sie treuherzig an. „Ich habe nur geübt, leise zu gehen, so wie der Chef.“

„Das ist dir gelungen.“ Carol lachte. „Hast du etwas herausgefunden?“

„Ja, aber lass uns warten, bis Mr Quinn da ist, dann müssen wir nicht alles zweimal erzählen.“

Während Carol sich weiter ihren Notizen widmete, begann Butch, die Bücher im Regal abzustauben. Still sitzen und warten lag ihm nicht. Es dauerte nicht lange, bis ein rotes Licht anzeigte, dass jemand in der Bibliothek war. Kurz darauf öffnete sich die Tür, und Silk erschien. „Hallo ihr beiden, Mr Quinn kommt gleich. Soll ich inzwischen einen kleinen Imbiss zubereiten?“

„Eine klasse Idee!“ Butch strahlte. Auch Carol nickte dankend. Bald saßen alle vier um einen gut gedeckten Tisch. Während Butch reinhaute, als hätte er seit Tagen nichts gegessen, berichtete Carol.

„Also, Grant hat sein Geld hauptsächlich mit Immobilienhandel gemacht, hat sich langsam hochgearbeitet und ein

Millionenvermögen zusammengetragen, das seine Frau erbt. Am Anfang, das heißt vor rund zwanzig Jahren, hatte er große Schwierigkeiten, und es scheint, dass manche Geschäfte hart am Rande der Legalität waren. Angeblich hat er die Grenze jedoch nie überschritten. Natürlich hat er sich im Laufe der Jahre Feinde geschaffen, aber ob einer von denen ihn umbringen würde? Und wie gesagt, in den letzten Jahren ist er sehr viel vorsichtiger geworden. Schließlich wollte er in die Politik. Und als Mr Saubermann konnte er sich keinen Skandal leisten. In den Zeitungsarchiven fand ich nur positive Berichte. Aber ich habe mich mit einem Reporter vom Chronicle unterhalten. Es gab ein paar Gerüchte über gefälschte Bilder, doch King wollte nicht, dass seine Reporter dem nachgehen. Einen Saubermann wie Grant brauche Chicago, hat King gemeint."

Bei der Erwähnung des Namens des Verlegers verzog Silk böse das Gesicht. King hatte in seiner Zeitung schon häufiger dagegen gewettert, dass ein Blinder den Posten eines Staatsanwaltes inne hatte und versucht, Quinn Fallstricke zu legen. Doch bisher hatte er es nie geschafft, Quinn in irgendeiner Weise bloßzustellen.

„King und Saubermann!", knurrte Silk. „Wenn der Kerl mitmischt, müssen wir besonders vorsichtig sein. Der ist auf seine Weise fast ebenso gefährlich wie McGrath. Hoffentlich können Sie ihm dieses Mal kriminelle Machenschaften nachweisen!"

„Wir werden sehen! Aber die Sache mit den gefälschten Bildern klingt interessant. Insbesondere, da in seiner Wohnung eine Fälschung hängt, wie seine Witwe uns erklärte. Angeblich diente sie früher dazu, mögliche Kunden zu beeindrucken. Hast du Einzelheiten herausfinden können?"

„Noch nicht, aber ich werde mich morgen mit einem anderen Reporter treffen. Vielleicht weiß der etwas mehr. Für heute reicht es mir. Ich bin todmüde." Carol gähnte demonstrativ.

„Und du Butch? Wie sieht es bei dir aus?"

„Ähnlich. Ich habe mich in den Kneipen der Innenstadt herumgetrieben. Da im Fernseher regelmäßig über den Tod dieses Grant berichtet wurde, war es nicht schwer, daraufhin ein Gespräch anzufangen. Ein paar meinten, da hätte es den Richtigen erwischt, wagten aber anscheinend nicht mehr zu sagen, oder sie wussten tatsächlich nicht mehr. Ein paar Gerüchte, dass er auch kleinere Firmen aufgekauft und ausgeschlachtet habe, aber nichts Genaues." Er zuckte die Schultern. „Wenn er Firmen in den Bankrott getrieben hat, erklärt das natürlich den Hass auf ihn."

„Hass oder nur Abneigung?"

Butch verzog nachdenklich sein Gesicht. „Wenn ich mir vorstelle, wie im grünen Hahn über ihn geredet wurde, ich glaube, das war Hass, richtiger Hass. Da standen ein paar Arbeiter zusammen, erst flüsterten sie nur, und als sie mehr getrunken hatten, ließen sie ihre Wut heraus. Als ich mehr wissen wollte, wurden sie misstrauisch und mauerten. Ich könnte morgen noch einmal hingehen und versuchen, mehr zu erfahren."

„In Ordnung, mach das, Butch. Immerhin wissen wir jetzt, dass der Herr nicht so sauber ist, wie seine Kampagne vermuten lässt. Das ist doch ein Anfang. Wenn ihr morgen weiter macht, vergesst nicht, euch nach dem gefälschten Bild zu erkundigen." Und Quinn erzählte ihnen von seinem Gespräch mit Warner.

„Haben Sie heute Abend noch etwas vor, Sir?", fragte Silk.

„Ich werde dem Leichenschauhaus einen Besuch abstatten. Leider war die Leiche schon abtransportiert, als wir kamen, und als Blinder kann ich sie mir schlecht ansehen."

„Darf ich Sie begleiten?" Butch strahlte hoffnungsvoll.

„Nicht nötig, bei dem Besuch gäbe es für deine Fäuste ohnehin nichts zu tun. Ruht euch aus. Morgen früh gibt es viel Arbeit."

Butch betrachtete traurig seine Fäuste. Nichts liebte er mehr, als sie zu trainieren. „Schade", brummte er. „Ich hätte nichts gegen ein kleines Kämpfchen einzuwenden. Sie geraten allmählich aus der Übung." Spielerisch wollte er Silk in die Seite boxen, doch der wich rechtzeitig aus.

„Kindsköpfe", lächelte Quinn und verzog sich hinter die spanische Wand, um sein Fledermauskostüm anzuziehen; Schwarzer Anzug, schwarzer Umhang und Handschuhe, sowie eine schwarze Maske, um seine verräterischen Narben zu verbergen. Dazu kamen zwei Pistolen, Messer, eine kleine Werkzeugtasche und ein Seil, das er sich um die Brust schlang. Nachdem er sich von Carol liebevoll und den anderen freundschaftlich verabschiedet hatte, hob er die Falltür und verschwand in dem Gang. Im Gartenhaus sicherte er erst einmal nach allen Richtungen, ob sich auch niemand eingeschlichen hatte, dann huschte er zum Zaun. In der Sackgasse, die an Quinns Grundstück grenzte, parkte ein schwarzes Ford-Coupé, dem niemand ansah, wie viele Pferdestärken unter der verrosteten Haube steckten.

Das Leichenschauhaus lag zwar in der Innenstadt, jedoch in einer ruhigen Seitengasse. Die Schwarze Fledermaus parkte das Coupé dicht an einer Mauer und huschte wie ein Schatten über die Straße. An der Rückseite des Hauses sah

Quinn einen parkenden Leichenwagen und horchte in die Nacht. Niemand war zu hören, niemand zu sehen. Vorsichtig schlich er weiter, bis er ein Fenster fand, das nur angelehnt war. Da im Raum dahinter alles dunkel und still war, kletterte er vorsichtig hinein und schloss das Fenster hinter sich. Er befand sich in einer Art Lagerraum, denn in den Regalen stapelten sich beschriftete und unbeschriftete Kartons. Auf dem Boden standen Kanister. Desinfektionsmittel, wie die Schwarze Fledermaus erkannte. Leise öffnete der Maskierte die Tür. Sie führte auf einen Korridor. Von fern konnte er Stimmen hören. Eine davon kannte er gut. Ein grimmiges Lächeln flog über sein Gesicht.

„Warum macht ein Einbrecher sich die Mühe, den Hausherrn erst anzuschießen und anschließend zu erschlagen?“

„Die Frage fällt glücklicherweise nicht in mein Ressort, Inspektor. Das ist Ihr Bier.“

McGrath brummte missmutig. „Und warum hat der Mann nicht geschrien? Seine Frau behauptet, außer dem Schuss nichts gehört zu haben. Sie hat sich Zeit gelassen, bevor sie herunterkam und nachschaute. In der Zeit hat der Kerl Grant erschlagen. Komische Reihenfolge. Warum hat er nicht noch einmal geschossen? Zwei Schüsse machen auch nicht viel mehr Lärm als einer.“

„Tja, Inspektor, das müssen Sie herausfinden. Wollen Sie sich die Leiche noch einmal ansehen?“

Die Schwarze Fledermaus hörte eine Tür schlagen, danach Schritte auf dem Korridor. Schnell huschte der Mann in Schwarz in den nächsten Gang und presste sich hinter einen Schrank. Da er sich einigermaßen auskannte, wusste er, wohin die beiden Sprecher wollten. Die bemerkten den dunklen Schatten nicht, der ihnen jetzt folgte.

„Hätte Grant nach dem Schuss überhaupt noch schreien können?"

„Bei dem Kaliber? Dazu der Schock." Der Mediziner zuckte die Schultern. „Ich glaube nicht."

In dem Moment erloschen sämtliche Lampen. Der Arzt fluchte unterdrückt. „Schon wieder ein Kurzer. Wie oft habe ich denen da oben gesagt, wir brauchen neue Leitungen. Aber nein, bei den Leichen wird zuerst gespart."

McGraths Hand zuckte zur Rocktasche.

„Das würde ich lieber nicht tun, Inspektor", ertönte eine sanfte Stimme aus der Dunkelheit. „Gehen Sie bitte ein paar Schritte zurück. Sie auch, Doktor."

„Wer ... wer sind Sie? Und was wollen Sie?"

Durch das Fenster drang nur das durch Bäume gefilterte Licht einer Straßenlaterne. Mit etwas Mühe vermochte der Doktor einen dunklen Schatten zu erkennen. Er bekam keine Antwort.

Die Schwarze Fledermaus schaute sich den Toten nachdenklich an. Auf dem Gesicht verweilte der Blick des Maskierten besonders lange. Als Fachmann erkannte er ungefähr die Spuren des Streifschusses, der Grant getroffen hatte. Doch sah man sie nur, wenn man genau wusste, wonach man suchen musste. Der Mörder hatte ihm glatt die Nase weggeschossen. Das bedeutete, dass er seitlich gestanden haben musste. Der genaue Verlauf war durch die Schläge unkenntlich geworden. Sobald die Beamten die Kugel gefunden hatten, würden sie mehr wissen. Anschließend schwärzte er die Fingerspitzen des Toten, drückte sie auf eine weiße Karte und reinigte sie wieder mit einem alten, mitgebrachten Lappen.

McGrath kaute auf seinem Zigarrenstummel herum,

wagte aber nicht, nach seinem Revolver zu greifen. Der Arzt starrte in die Dunkelheit und versuchte vergeblich, etwas zu erkennen. Plötzlich hörten beide das leise Schlagen der Tür. Der Doktor wollte zum Lichtschalter, stolperte dabei über einen Eimer und fluchte laut, während der Inspektor in Ruhe abwartete. Er kannte den nächtlichen Besucher und wusste, dass ein Druck auf den Schalter nichts nützen würde. Nach ein paar Sekunden flammte das Licht wieder auf. Der Doktor rappelte sich mühsam hoch.

„Wer war das? Und wieso konnte der sich in einem fremden Raum so bewegen? Es ist stockfinster!"

Der Inspektor meinte lediglich: „Die Schwarze Fledermaus kann es eben."

„Nicht zu fassen!" Verständnislos schüttelte der Arzt den Kopf.

„So und nun sehen wir uns die Leiche noch einmal genau an. Vielleicht finden wir heraus, was die Schwarze Fledermaus so interessierte." Mit einer Lupe untersuchte er den Toten noch einmal ganz genau, während der Inspektor ihm über die Schulter schaute, und prompt entdeckte er winzige Reste schwarzer Farbe an den Fingern der Leiche.

„Interessant", murmelte der Inspektor. „Aber was will er mit den Fingerabdrücken? Die Identität des Toten steht doch fest."

Zur gleichen Zeit schaute die Schwarze Fledermaus sich im Büro das schriftliche Obduktionsergebnis an. Der kaum noch erkennbare Streifschuss im Gesicht stammte von einer großkalibrigen Waffe. Anschließend hatte der Mörder mit einem scharfkantigen Gegenstand zugeschlagen. Und nicht nur einmal. Ob da Hass im Spiel gewesen war? Das würde die Schläge nach dem Schuss erklären. Da im Haus nichts gefunden worden war, was als Tatwaffe in Frage hätte kommen können, musste der Täter sie mitgenommen haben.

Sehr nachdenklich begab die Schwarze Fledermaus sich zum Auto und fuhr zum Haus der Grants. Gewohnheitsmäßig umrundete der Maskierte es ein paar Mal. Nirgendwo ein Lichtschein, Fenster und Türen waren fest verschlossen. Von McGrath wusste er, dass Mrs Grant diese Nacht bei ihren Nachbarn verbringen würde. Sie fürchtete sich allein in dem großen Haus. Trotzdem wahrte er seine übliche Vorsicht. Da er trotz der Dunkelheit klar und deutlich sah wie am hellen Tag, erkannte er die Spuren, welche die Polizisten hinterlassen hatten, als sie den Garten untersuchten. Die Stative der Scheinwerfer hatten sich in den Rasen eingedrückt, eine kaputte Glühlampe sowie ein leeres, zerknautschtes Zigarettenpäckchen gehörten mit Sicherheit ebenso zu den Hinterlassenschaften der Polizei, wie die Fußabdrücke, die er in einem Blumenbeet fand.

Der Weg des Einbrechers war ihm versperrt. Mrs Grant hatte die Tür mit dicken Brettern sichern lassen. Hier draußen gab es für ihn nichts mehr zu sehen, er musste hinein. Da die Kellertür nicht in Frage kam, schaute er sich die Fenster genauer an. Überall gab es Alarmkontakte. Der Maskierte wickelte sein langes Seil ab, formte es zu einem Lasso und trat ein paar Meter zurück. Dann ließ er es kreisen, immer schneller und schneller, bis die Schlaufe in die Höhe schnellte. Das freie Ende des Seils glitt durch seine Faust, während die Schlinge über den Schornstein fiel. Mit einem kräftigen Ruck zog er sie fest zu. Jetzt kam der schwierigere Teil der Arbeit. Er trat an die Hauswand heran und hangelte sich am Seil hoch. Es war eine Schinderei, denn das dünne Nylonseil schnitt ihm trotz der Handschuhe in die Hände. Als er seine Füße an der Mauer abstemmte, ging es etwas leichter, trotzdem geriet er außer Atem. An der Dachkante angekommen, schnappte er keuchend nach Luft und musste erst einmal pausieren, bis er wieder ruhiger atmete. Ein Glück, dass niemand ihn hören konnte.

Schräg über ihm gab es ein Mansardenfenster, das augenscheinlich nicht gesichert war. Niemand rechnete mit Besuch, der über das Dach kam. Als seine Lungen sich beruhigt hatten, zog er sich am Seil etwas höher, bis er das Fenster erreichen konnte. Selbstverständlich enthielt sein Werkzeugetui auch einen Glasschneider. Er schnitt ein Loch in die Scheibe, griff hindurch und löste den Riegel. In der Dachkammer hatte anscheinend einmal eine Bedienstete gewohnt. An einem Haken an der Tür hingen eine weiße Schürze und ein weißes Häubchen, wie Stubenmädchen sie trugen. Die wenigen Möbel waren zwar alt, aber noch in Ordnung. Auf dem Tisch lag ein Hut, der längst aus der Mode war. Auch der Staub auf den Stühlen zeigte deutlich, dass hier schon seit Monaten niemand mehr genächtigt hatte.

Der Maskierte öffnete die Tür und schlich die Treppe zum Obergeschoss hinunter. Er schaute sich im Schlafzimmer der Grants um, das mit schlichter Eleganz eingerichtet war. Das breite Doppelbett, sowie auch der Inhalt des Kleiderschrankes verrieten, dass beide Ehepartner hier geschlafen hatten. Offensichtlich hatten sie sich gut verstanden. Kein Wunder, dass Mrs Grant hier nicht allein bleiben wollte! An der langen Wand, dem Bett gegenüber, stand der Kleiderschrank, rechts und links neben der Tür Herrenkommode und Schminktisch. Nur ein einziges Bild hing über dem Bett. Ob sich dort der Tresor befand? Da er als blinder Staatsanwalt nicht gut nach dem Versteck hatte fragen können, musste er selbst suchen. Doch hinter dem Bild war nichts. Er schlich die Treppe ins Erdgeschoss hinunter und schaute zunächst nach dem Arbeitszimmer. Gleich hinter der ersten Tür wurde er fündig. Er blickte sich prüfend im Zimmer um, kontrollierte alle Bilder, ob sich dort ein Safe befand, dann ging er zum Schreibtisch und bückte sich. Er öffnete die rechte Tür, zog eines der Fächer heraus und prüfte die Papiere, die dort lagen. Als er die Tür schloss, lag jedes einzelne Stück wieder da, wo es sich vorher befunden hatte. Er wandte sich der linken Seite des Schreibtisches zu und wiederholte die Prozedur. Er fand eine Menge Verträge, Entwürfe und bereits unterschriebene Angebote und Anfragen, alles völlig normal für einen Immobilienmakler. Nichts deutete auf kriminelle Machenschaften. Mit einem leisen Seufzer erhob sich die Schwarze Fledermaus, blieb einen Moment reglos stehen und ging zu einer breiten, zweiteiligen Tür hinüber. Der Schlüssel steckte, er knarrte ein wenig im Schloss, als der Schwarze ihn herumdrehte. Er zog den rechten Türflügel zurück und sah gerade noch die „echte“ Fälschung, als ihn auch schon ein harter Schlag auf den Hinterkopf traf.

Verzweifelt bemühte er sich, auf seinen Füßen zu bleiben, doch die rot wallenden Nebel vor seinen Augen wurden immer mehr. Mit letzter Kraft versuchte er sich zur Seite zu drehen, doch all seine Bemühungen, vermochten eine Ohnmacht nicht zu verhindern. Er spürte noch, wie er auf den Teppich fiel, dann verlor er das Bewusstsein.

Die Schwarze Fledermaus wusste nicht, wie lange die Bewusstlosigkeit gedauert hatte. Als der Mann in Schwarz wieder aufwachte, verspürte er rasende Kopfschmerzen. Mühsam brachte er sich in eine sitzende Stellung und atmete tief ein. Als er wieder etwas klarer denken konnte, befühlte er nervös seinen Kopf. Er trug noch immer die Maske. Gott sei Dank. Anscheinend war der Unbekannte nicht neugierig gewesen.

Er lauschte in die Dunkelheit. Sein Gehör hatte sich in der Zeit seiner Blindheit zu enormer Schärfe entwickelt. Doch vernahm er nicht das leiseste Geräusch. Offenbar war er allein. Noch leicht wackelig auf den Beinen erhob er sich und ließ seinen Blick schweifen. Nichts schien sich seit seinem Besuch am frühen Morgen im Mordzimmer verändert zu haben. Nein, das stimmte nicht. Auf dem Kaminsims stand eine Flasche Champagner, die am Morgen noch nicht da gewesen war. Unter der Maske lächelte der Staatsanwalt schmerzlich. Er benutzte Champagner lieber innerlich und nicht mitsamt der Flasche als Betäubungsmittel. Vermutlich hatte der Täter ihn damit niedergeschlagen, für tot gehalten und liegen gelassen. Er fühlte eine heftige Beule, doch konnte er froh sein, den Schlag mit dieser dickwandigen Flasche überhaupt überlebt zu haben. War der Mörder zurückgekommen, um zu holen, was er gestern nicht bekommen hatte? Aber auch im Arbeitszimmer fand er keinen Hinweis. Alles lag an seinem Platz. Er ging noch einmal ins Schlafzimmer zurück, um etwas gründlicher nach dem Safe zu suchen.

Dort bemerkte er auf den ersten Blick, dass ein Teppich leicht verrutscht war. Er schlug ihn zurück. Zwei Holzbohlen waren lose. Statt mit Nägeln waren sie mit Schrauben befestigt worden, die der Täter nur locker wieder eingesetzt hatte. Noch leicht benommen holte der Mann in Schwarz die Werkzeugtasche heraus, entnahm ihr graues Puder und einen Klebestreifen und sicherte die Fingerabdrücke an den Bohlen und rund um die Tresortür. Anschließend öffnete er die Tür, was kein Problem darstellte, da sie nicht fest verschlossen war. Was auch immer der Unbekannte gesucht haben mochte, er hatte es gefunden und war so schnell geflüchtet, dass er sich nicht die Mühe gemacht hatte, das Versteck wieder ordnungsgemäß zu tarnen. Bei aller Enttäuschung freute sich die Fledermaus aber auch. Zeigten die Ergebnisse der heutigen Nacht doch, dass es sich nicht um einen mehr oder weniger zufälligen Einbruch handelte. Der Mörder hatte sein Opfer bewusst ausgesucht und heimgesucht.

Am nächsten Morgen, der Staatsanwalt saß kaum in seinem Büro, kam der Inspektor hereingestürmt, stemmte die Hände auf Quinns Schreibtisch, beugte sich zu ihm hinunter und brüllte los: „Hören Sie, es ist eine Unverschämtheit, ins Leichenschauhaus einzudringen, den armen Doktor zu Tode zu erschrecken und der Leiche die Fingerabdrücke zu nehmen. Der Fall ist sonnenklar. Ich warne Sie, ich bringe den Kerl hinter Gitter. Da gehört er nämlich hin!"

Quinn lachte. „Langsam, Inspektor. So wie Sie sich aufregen, können Sie nur von der Schwarzen Fledermaus sprechen, richtig?"

„Das wissen Sie ganz genau. Warum wollten Sie die Fingerabdrücke haben?"

„Ich? Inspektor, Ihre Witze waren auch schon besser. Wie oft soll ich Ihnen noch sagen, dass ich mit der Schwarzen Fledermaus nichts zu tun habe? Ich bin blind und auf Ihre

Aussagen angewiesen. Wenn Sie mir sagen, dass die Identität des Toten zweifelsohne feststeht, dann muss ich Ihnen das glauben. Was die Schwarze Fledermaus denkt und tut, ist nicht meine Sache", gab Quinn gereizt zurück.

„Hören Sie, die Ehefrau hat ihren Mann eindeutig identifiziert, und nicht bloß anhand der Kleidung und des Eheringes. Haarfarbe und Frisur stimmen, ebenso Farbe und Form der Augen, na ja, eines Auges. Das andere ist nicht mehr zu erkennen. Die schmalen Lippen entsprechen genau denen auf den Fotos in der Wohnung. Das kann sogar ein Blinder erkennen. Äh, hm, Entschuldigung, war nicht so gemeint." Damit setzte er sich umständlich, nahm seinen Hut ab und legte ihn auf die Knie.

„Ich nehme Ihre Entschuldigung an, auch wenn ich nicht so recht daran glauben kann. Haben Sie inzwischen die Kugel gefunden?"

„Nein, meine Leute haben gestern das gesamte Zimmer abgesucht. Keine Hülse, keine Kugel. Das heißt, das Loch in der Wand haben wir schon gefunden, allein die Kugel fehlt. Der Kerl hat sich die Mühe gemacht und sie herausgeholt. Verdammt, mir scheint, der Fall entwickelt sich komplizierter als er anfangs aussah. Revolver oder Pistole gehören nicht unbedingt zum Handwerkszeug eines durchschnittlichen Einbrechers. Und dass er so vorsichtig ist, die Patronenhülse mitzunehmen und die Kugel zu entfernen ... ist auch nicht typisch. Ob es sich doch um einen geplanten Mord handelt? Kommissar Warner scheint dieser Ansicht zu sein."

„Wir sollten uns nicht allzu früh festlegen. Haben Sie etwas Neues herausgefunden? Ich meine etwas, das uns weiterhilft?"

McGrath blickte sein Gegenüber misstrauisch an, doch der lächelte harmlos.

„Nun ja, wir haben inzwischen die Fotos und genaue Beschreibungen der Uhren von der Versicherung. Meine Leute sind bereits unterwegs und besuchen jeden Hehler. Mit dem Gemälde könnte es Probleme geben. Wenn wir Pech haben, verschwindet es auf Nimmerwiedersehen in einem Tresor dieser verrückten Kunstbegeisterten, die niemandem ein Bild oder den Blick darauf gönnen."

„Das würde bedeuten, dass es dem Dieb hauptsächlich um das Bild ging und es ein Diebstahl auf Bestellung war." Das klang halb wie eine Frage, halb wie eine Feststellung.

Unbewusst kratzte McGrath sich am Kopf. „Hm, ja, aber eigentlich glaube ich das nicht. Warum hat er dann noch die Uhren mitgehen lassen?"

„Um sein eigentliches Ziel zu verschleiern, natürlich."

Wieder stieg Argwohn in McGrath auf. Klang das nicht so, als wüsste der Staatsanwalt wieder einmal mehr? Silk, der sich normalerweise in Quinns Büro aufhielt, um seinem Chef jederzeit behilflich sein zu können, war hinausgegangen, als der Inspektor erschien. Er hatte etwas von „... nach der Post sehen ..." gemurmelt und war noch nicht wieder erschienen. McGrath zog umständlich einen seiner schwarzen Glimmstängel aus der Tasche und zündete ein Streichholz an. Obgleich Quinns scheinbar tote Augen an seinem Gegenüber vorbeischauten, merkte er doch, dass der Inspektor etwas im Schilde führte. Sicher wollte er wieder einmal Quinns Blindheit testen. Als die schwarze Zigarre endlich zur Zufriedenheit des Inspektors brannte, blies er das Streichholz aus und schnippte es dicht am Gesicht seines Gegenübers vorbei. Quinn verzog nicht eine Miene. Seine

Augen blinzelten nicht einmal. McGrath seufzte unhörbar. Kein Mensch konnte sich so verstellen. Wie oft hatte er das schon gedacht. Und doch ...

„Was ist mit den Angestellten?“, fragte Quinn. „Haben Sie die inzwischen verhört?“

„Selbstverständlich. Sie gehen abends heim. Weder das Dienstmädchen noch der Gärtner wohnen im Haus. Sie haben auch niemanden bemerkt, der sich besonders für das Haus und seine Bewohner interessierte. Ein Handwerker war letztens da, um einen Wasserhahn abzudichten. Wir haben ihn überprüft, er war echt und ist sauber: Familienvater mit langjähriger Betriebszugehörigkeit.“

„Und Ennio di Maggiare? Haben Sie den schon gesprochen? Wie mir der Kommissar erzählte, ist Grant ihm kräftig auf die Zehen getreten.“

„Der Kerl ist derzeit verreist. Angeblich. Er steht auf keiner Fahndungsliste, was aber nur heißt, dass wir ihm nichts nachweisen können. Sobald er wieder auftaucht, werden wir ihn uns vornehmen. Keine Sorge, unsere Spitzel halten ein Auge auf seine Bars und seine Villa. Er entgeht uns nicht.“

„Gut“, nickte Quinn.

In dem Moment kam Silk herein, einen Stapel größerer und kleinerer Briefe unter dem Arm und nickte dem Inspektor freundlich zu. McGrath mochte Silk nicht. Er war ihm zu glatt, zu dienstbeflissen und so höflich, dass es schon wieder beleidigend wirkte. McGrath misstraute dem Diener noch mehr als dem Chef, falls das überhaupt möglich war. Die Verabschiedung fiel dementsprechend kurz aus.

Silk grinste. „McGrath wirkte ein wenig unzufrieden, wenn Sie mir die Bemerkung erlauben, Sir.“

Auch Quinn schmunzelte. „Er hat wieder mal versucht, meine Blindheit zu testen."

„Verstehe, Sir. Hier ist die Post. Ein Bote hat Urlaub, der andere ist krank, nun geht in der Poststelle alles drunter und drüber."

Silk öffnete die Briefe, sortierte die Werbung aus und ordnete den Rest nach Dringlichkeit. Gerade wollte er mit dem Vorlesen beginnen, wie es seine Aufgabe war, als eine Sekretärin aus dem Vorzimmer Mrs Grant anmeldete. Die Dame trat ganz in Schwarz gekleidet und tief verschleiert ein. Heute Morgen wirkte sie sehr viel eleganter und gefasster als in der Mordnacht. Sie schien graziös zu schweben, als sie langsam auf Quinns Schreibtisch zuging.

Quinn erhob sich. „Bitte Madam, nehmen Sie Platz, was kann ich für Sie tun?"

Silk schob ihr den Stuhl für Besucher hin. Sie setzte sich und zupfte ihren Mantel zurecht.

„Nun, in der Nacht war ich sehr aufgeregt und habe mich vielleicht missverständlich ausgedrückt. Ich meine, was den gefälschten Monet angeht." In ihrer Stimme lag ein leichtes Zittern. „Verstehen Sie, wir hatten niemals vor, ihn zu verkaufen. Und nur der Besitz ist doch nicht strafbar, oder?" Sie wirkte rührend hilflos, als sie Quinn ängstlich anschaute, dann bemerkte sie, dass er sie nicht sehen konnte und wandte sich Silk zu.

Quinn schüttelte nur leicht den Kopf.

„Schauen Sie, ich möchte nicht, dass der Name meines Mannes nach seinem Tod mit einem gefälschten Bild in Zusammenhang gebracht wird. Die Zeitungsleute sind doch ganz wild auf Skandale. Können Sie die Angelegenheit diskret behandeln? Bitte!"

„Ich werde mein Möglichstes tun, Madam", versprach Quinn.

„Das ist sehr nett von Ihnen. Vielen Dank. Haben Sie schon eine Spur von dem Einbrecher, der meinen armen Mann ...?"

„So schnell geht das nicht. Aber die Polizei bemüht sich mit allen ihr zur Verfügung stehenden Mitteln, das können Sie mir glauben."

„Gut. Ich danke Ihnen, dass Sie mir Ihre Zeit geopfert haben." Sie erhob sich, neigte huldvoll den Kopf und verließ das Büro.

Silk blickte ihr kopfschüttelnd nach. „Verstehen Sie das? Die wollte Sie doch nicht nur wegen der Fälschung sprechen. Die Angelegenheit hatte sie in der Nacht schon geklärt. Was wollte sie wirklich?"

„Erfahren, wie viel die Polizei bereits herausgefunden hat", gab Quinn prompt zurück.

In der Zwischenzeit waren Butch und Carol nicht untätig. Für Carol gab es nichts Schöneres, als Tony zu helfen. Sie hatte schon viel von ihm gelernt. Angestrengt überlegte sie, wie sie noch mehr über Grant erfahren konnte. Sie hatte bereits alle Zeitungsarchive abgeklappert, sich mit verschiedenen Reportern, sowie einigen Nachbarn unterhalten, doch nichts Verdächtiges herausgefunden. Nachdenklich schlürfte sie ihren Kaffee und schaute durch die große Fensterscheibe des französischen Bistros auf den Verkehr. Was konnte sie noch tun? Wen konnte sie befragen? Sie zog ihr Notizbuch aus der Tasche und ging die Seiten durch. Sie wusste inzwischen, welche Handwerker mehr oder weniger regelmäßig im Haus der Grants verkehrten, dass der

Bürgermeister zu John Grants Freunden zählte und dass er in letzter Zeit viel für Obdachlose getan hatte. Deshalb hatte man ihn für eine Verdienstmedaille vorgeschlagen. Carol musste unwillkürlich grinsen, als sie daran dachte, wie der Reporter ihr erzählt hatte, dass es in der Kommission derzeit heftige Diskussionen darüber gab, ob die Medaille posthum verliehen werden könnte.

Vermutlich hat er sowieso nur gespendet, um in die Zeitung zu kommen, überlegte Carol und schlug die nächste Seite ihres Büchleins auf. Da fand sie eine Information, mit der sich etwas anfangen lassen musste. Eine Nachbarin hatte ihr den Namen von Grants Anwalt genannt, beiläufig, weil er auch der ihre war. Carol überlegte angestrengt und lachte plötzlich spitzbübisch auf. Noch einmal überdachte sie ihren Plan, fand aber keinen Fehler. Tony würde stolz auf sie sein. Schnell trank sie ihren Kaffee aus und zahlte.

Sie fuhr mit dem Bus heim, denn für ihren Plan brauchte sie andere Kleidung. Sie suchte ein sehr auffallendes, knallrotes Kleid aus, mit einem Ausschnitt, der für eine ehrbare Hausfrau viel zu offenherzig geraten war. Seit sie für Tony arbeitete, hatte sich ein enormer Fundus an Kleidern angesammelt. Anschließend ging sie zum Schminktisch und wählte einen Lippenstift, dessen Rot im Zusammenhang mit dem Kleid dem Auge wehtat. Doch Carol lächelte vergnügt. Sie rief Butch an. Nach diversen Vorkommnissen war es ihr lieber, wenn er sie auf gefährlichen Missionen begleitete. Gemeinsam fuhren sie in ihrem roten Volkswagen nach Clarendon Hills hinüber, wo der Anwalt Rigby wohnte.

Butch sah Carol von der Seite an, grinste den Bruchteil einer Sekunde und schüttelte dann den Kopf. „Wenn das der

Chef erfährt, wird er schimpfen. Und hauptsächlich mit mir, weil ich dich nicht abgehalten habe. Was du vorhast, ist einfach idiotisch."

„Genau! Und gerade deshalb wird niemand auf die Idee kommen, dass ich nicht echt bin. Lass mich nur machen. Ich schaffe das schon." Ganz so selbstbewusst wie sie sich gab, fühlte Carol sich nicht. Aber was konnte ihr mit Butch im Hintergrund Schlimmes passieren, sagte sie sich immer wieder. Und außerdem gab es da auch noch die Schwarze Fledermaus.

Rechtsanwalt Rigby ließ sie erst herein als sie Grants Namen nannte. Dann musterte er sie von oben bis unten und fragte knapp, ohne ihr einen Platz anzubieten: „Was wollen Sie? Und was hatten Sie mit meinem Freund Grant zu tun?"

Carol horchte auf. So wie der Anwalt das Wort „Freund" ausgesprochen hatte, hatte zwischen den beiden eine engere Beziehung bestanden als zwischen Anwalt und Klient üblich. Gut für sie und ihren verrückten Plan!

Sie zierte sich ein bisschen. „Die Sache ist etwas heikel. Ich weiß nicht, wie sehr John Ihnen vertraute. Er hat unsere Beziehung stets geheim gehalten. Zuerst wegen seiner Frau, dann wegen der Politik. Aber er liebte mich. Und er sorgte für mich. Und jetzt, da er tot ist ..."

„... versuchen Sie, bei mir Geld zu holen. Wollen Sie mich erpressen?"

„Aber nein! Natürlich nicht", winkte sie schnell ab. „Es ist nur so ... ähm ... die Ausgaben laufen weiter, Miete und Strom und so, und sonst hat sich John um solche Kleinigkeiten gekümmert. Ich bin im Moment arbeitslos, ich bin Schauspielerin, wissen Sie."

Hoffentlich trug sie nicht zu dick auf. Carol hatte keine

Ahnung, wie eine ausgehaltene Freundin sich benahm. Aber offensichtlich begriff der Anwalt schnell, worum es ging.

„Haben Sie Beweise, dass John sich … ähm … um Sie kümmerte?" Rigby sah nun gar nicht mehr wie ein freundlicher älterer Herr aus. Im Gegenteil, er wirkte sehr kalt und böse.

„Ich sagte ja schon, John war sehr vorsichtig. Er hat mich zum Beispiel nie zum Essen ausgeführt, weil er Angst hatte, jemand könnte ihn mit mir sehen. Das Geld gab er mir immer bar." Sie tat als ob sie überlege. „Möchten Sie vielleicht seine Anzüge sehen, die bei mir im Schrank hängen? Oh, ich habe ja noch etwas, warten Sie." Sie kramte einen billigen Anhänger hervor, auf dem zwei Namen eingraviert waren: John und Carol. Sie hatte ihn vor Jahren einmal von einem Jugendfreund bekommen.

„Das soll er Ihnen geschenkt haben, Miss ... wie heißen Sie überhaupt?"

„Baldowers, Carol Baldowers. Ich möchte Ihnen wirklich keine Unannehmlichkeiten bereiten, ich möchte nur wissen, ob John mir etwas hinterlassen hat. Er war doch so reich und er hat immer gesagt, er würde für mich sorgen, falls ihm etwas zustieße."

„Ihnen etwas hinterlassen?" Rigby schnaubte verächtlich. „Ganz sicher nicht."

„Könnten Sie als sein Anwalt nicht ... im Angedenken an seine enge Freundschaft zu mir ... ich will ja nicht viel, nur so für zwei oder drei Monate, bis dahin habe ich wieder Arbeit. John hätte es so gewollt und bei dem vielen Geld, das er besaß ..."

Sie sah, wie es in Rigby arbeitete. Sicher wollte er nicht,

dass der gute Name seines Freundes im Nachhinein noch durch den Dreck gezogen wurde.

„Hören Sie zu“, sagte er, als er zu einem Entschluss gekommen war. „Es gibt kein Geld. Heute nicht und auch sonst nicht. John besaß nichts mehr. Er hat sein gesamtes Geld beim Rennen verspielt, Pferde und Hunde. Lauter Sachen, von denen er nichts verstand. Ich sage Ihnen das, damit Sie nicht auf dumme Ideen kommen und vielleicht zur Witwe gehen. Für die arme Frau wird es ein harter Schock sein, wenn sie erfährt, dass nichts mehr da ist. Ich kann es nicht ändern, ich habe ihn oft genug ermahnt. Und offensichtlich ist für Sie ja auch einiges draufgegangen. Also machen Sie, dass Sie rauskommen und lassen Sie sich nie wieder blicken. Die Wohnung gehört John?“

„Es handelt sich um eine kleine Mietwohnung, und sie gehört mir. Auf dem Vertrag steht nur mein Name.“ Carol drehte sich um und ging schnell, aber nicht hastig hinaus. Gut, dass Butch im Auto auf sie wartete. So, wie der Anwalt sie zum Schluss angestarrt hatte, traute sie ihm alles zu, nur nichts Gutes. Aber immerhin hatte sie etwas Wichtiges erfahren: Grant war pleite.

„Schnell weg, und pass auf, dass uns niemand folgt!“, rief sie Butch beim Einsteigen zu. Der hatte den Motor schon angelassen, als er sie kommen sah und gab jetzt Gas. Auf dem Weg zu Quinns Anwesen vergewisserten sie sich immer wieder, dass niemand hinter ihnen her spionierte.

Daheim, im unterirdischen Labor schimpfte Quinn zärtlich mit seiner Verlobten und etwas ernster mit Butch. „Das hätte ins Auge gehen können. Wie bist du nur auf so eine verrückte Idee gekommen?“

„Ich brauchte einen Grund, um mit dem Anwalt zu reden. Ich wollte wissen, wie es um seine Finanzen bestellt war. Die Banken geben ja keine Auskünfte. Und es hat doch geklappt. Zumindest wissen wir jetzt, dass es in seiner Fassade Risse gibt. Er hat gewettet und sein ganzes Geld verspielt. Er war pleite. Ich bin sicher, dass der Anwalt mir die Wahrheit gesagt hat. Vielleicht war der Einbrecher sogar ein Gläubiger, der sich eigentlich nur holen wollte, was ihm seiner Meinung nach zustand. Als er sich plötzlich mit dem Hausherrn konfrontiert sah, drehte er durch, schoss erst und schlug dann blindlings zu. Das würde die Brutalität des Angriffs erklären."

„Hm", nickte Quinn nachdenklich. „Du hast ein schlaues Köpfchen." Carol errötete bei dem Lob. Butch schaute etwas betreten. Er hätte gern die Geistesgaben von Silk oder Carol besessen. Dabei war er beileibe kein Dummkopf. Nur eben ein wenig langsam im Denken.

„Ich werde nachher einmal Mrs Grant besuchen. Mal hören, wie viel sie über die finanziellen Angelegenheiten ihres Mannes weiß und ob sie der Schwarzen Fledermaus etwas anderes erzählt als dem Staatsanwalt", sagte Quinn. Da blinkte das rote Lämpchen an der Telefonanlage. Gleichzeitig öffnete sich die Tür zur Bibliothek und Silk steckte seinen Kopf hindurch.

„Es ist McGrath", flüsterte er. „Er will Sie dringend sprechen."

„So?", wunderte sich Quinn. Er hatte den Inspektor noch kurz vor Büroschluss gesehen. Seine drei Mitarbeiter spitzten die Ohren, konnten den einsilbigen Antworten jedoch nichts entnehmen. Quinn legte den Hörer auf und schmunzelte, als er die gespannten Gesichter sah. „Anscheinend ist Ennio di Maggiare wieder aufgetaucht. Einer von McGraths Gewährsmännern will ihn gesehen haben."

„Und dann hatte der Inspektor nichts Besseres zu tun, als sofort bei Ihnen anzurufen?", wunderte sich Silk. „Das erscheint mir höchst verdächtig. Sie sollten heute Nacht zu Hause bleiben. Entweder taucht der Inspektor hier auf, oder er überwacht die Wohnung von Maggiare. Sie wissen doch, wie sehr er hinter der Schwarzen Fledermaus her ist."

Quinn lachte. „Vermutlich hast du Recht. Trotzdem kann ich nicht hier bleiben. Es gibt eine Menge Arbeit. Du wirst dir etwas einfallen lassen müssen, um den Inspektor aufzuhalten."

Silk verzog griesgrämig sein Gesicht, bedeutete die Order doch, dass er das Haus hüten sollte, während die Schwarze Fledermaus unbekannten Abenteuern entgegen flog.

„Maggiare ist ein eiskalter Verbrecher. Bitte sei vorsichtig, Liebling", sagte Carol leise. Sie wusste, sie hätte Tony niemals von einem Vorhaben abhalten können, sie wollte es auch gar nicht. Doch sie stand jedes Mal, wenn die Schwarze Fledermaus unterwegs war, Todesängste aus.

„Butch, du wirst mich begleiten. Silk, such die Adresse von Maggiare heraus." Während der blinde Staatsanwalt sich in die gefürchtete Schwarze Fledermaus verwandelte, eilte Butch schon zum Ford, um ihn startklar zu machen.

Tony strich Carol zärtlich über das Haar. Er kannte ihre Ängste. „Geh nach Haus, Liebes, und ruh dich aus. Du hast heute viel für unsere Sache getan. Ich möchte mir keine Sorgen um dich machen müssen."

Carol versprach schweren Herzens, zu gehorchen. Viel lieber hätte sie die Schwarze Fledermaus begleitet.

Um diese Zeit würde Maggiare sich nicht in seiner Wohnung aufhalten, die sich in einem vornehmen Neubauviertel befand, sondern in einem seiner Nachtclubs. Die Schwarze Fledermaus überlegte einen Moment, dann beschloss sie, in der Wohnung auf Maggiare zu warten. Das erschien sicherer als auf gut Glück einen der Clubs aufzusuchen.

Gewohnheitsmäßig parkte Butch in einer dunklen Seitenstraße und warf misstrauische Blicke um sich. Silks Warnung ging ihm nicht aus dem Kopf. Was er tun konnte, um die Schwarze Fledermaus vor McGrath zu schützen, sollte geschehen. Ein verdächtiges Auto entdeckte er jedoch nicht.

„Los, komm!" Wie ein Schatten huschte der Mann in Schwarz über die Straße, Butch folgte etwas schwerfälliger. Maggiares Villa war von einer mannshohen Mauer umgeben, das Tor von Scheinwerfern beleuchtet. Kein Baum stand dicht genug, dass der Maskierte ein Seil hätte werfen können. Folglich hielt Butch auf einen Wink Quinns hin die Hände vor sich, Quinn stieg hinein, dann auf Butchs breite Schultern und konnte sich von dort auf die Mauer hieven. Schnell duckte er sich und legte sich flach auf die Mauerkrone als er Stimmen hörte. Zwei Wächter mit Schäferhunden an der Leine tauchten auf. So laut wie sie sich unterhielten, warnten sie jeden Eindringling bereits lange vor ihrem Erscheinen. Der Maskierte grinste. Entweder nahmen sie ihre Aufgabe nicht sonderlich ernst oder hatten selbst so viel Angst, dass sie einen möglichen Einbrecher lieber rechtzeitig vertreiben wollten, als ihm zu begegnen. Der Schwarzen Fledermaus war es nur recht. Sie wartete. Die Stimmen wurden lauter und deutlicher. Allein die Hunde konnten dem Mann in Schwarz gefährlich werden. Wenn sie ihn verrieten, würde er schießen müssen, was er eigentlich hatte vermeiden wollen. Die Schäferhunde zerrten an den Leinen und bellten wie wild. Doch die Wachen zollten ihnen nur wenig Aufmerksamkeit.

„Wahrscheinlich ein Kaninchen", hörte die Schwarze Fledermaus den einen sagen. „Wie schon so oft in den letzten Wochen."

„Das sollen Wachhunde sein, bellen bei jedem Furz eines Vogels!"

„Vögel furzen nicht!"

„Aber klar doch. Sie fressen, also furzen sie auch."

Der Mann auf der Mauer hatte Mühe, nicht laut loszulachen bei dieser Unterhaltung. Er schaute sich um. Bis zum Haus mochten es rund zehn Meter Rasenfläche sein. Die Unterhaltung der Wachen wurde leiser, während sie sich entfernten.

„Maggiare sollte lieber mal einen Kurs in der Hundeschule bezahlen. Aber dazu ist er zu geizig", hörte Quinn den einen maulen. Und kurz darauf die nur für seine feinen Ohren noch verständliche Antwort des anderen: „Genau! Ich habe keine Lust, für die paar Kröten meinen Kopf hinzuhalten!"

Aha, dachte die Schwarze Fledermaus, *Maggiare ist also geizig. Und gute Leute sind nun mal teuer*.

Dann ließ er sich vorsichtig in den Garten hinunter. Von fern hörte er noch das Bellen der Schäferhunde, ansonsten war es still. Der Maskierte konnte kaum glauben, dass die zwei Wächter die einzigen Aufpasser sein sollten. Sehr vorsichtig und sich immer wieder umsehend ging er weiter. Er überlegte: Konnte es möglich sein, dass Maggiare sich auf die hohe Mauer und die beiden Knalltüten verließ? Falls dem tatsächlich so sein sollte, gab es dafür nur eine Erklärung: Er bewahrte hier keine wichtigen Unterlagen auf. Trotzdem wollte der Maskierte sich im Haus gründlich umsehen.

Seine Vorsicht wurde belohnt. Kurz vor dem Gebäude bemerkte er Stolperdrähte, die kreuz und quer gespannt und sicher mit einer Alarmanlage verbunden waren. Das Gras war so hoch und die Drähte in unauffälligem Grün so niedrig, dass ein normales Auge sie nicht einmal bei Tage bemerken würde. Doch die Schwarze Fledermaus mit den unvergleichlichen Nachtaugen sah sie und wich ihnen geschickt aus – der Abstand zu den Wächtern war inzwischen groß genug – und huschte dann leise zur Rückseite des Hauses. Dort gab es einen Anbau mit einer Hintertür, deren Schloss dem Dietrich des Maskierten nicht standhielt. Er kam in einen kleinen Flur, der mit Gartengeräten vollgestellt war. Spaten und Harken lehnten an der Wand, eine Schubkarre und mehrere Gießkannen standen genau im Weg. Da die Schwarze Fledermaus sich weder Maggiare noch seine Gangster bei der Gartenarbeit vorstellen konnte, musterte er die Gerätschaften sehr genau. Und richtig, auch hier waren dünne, kaum sichtbare Fäden gespannt. Vorsichtig stieg er darüber hinweg. Die Tür zum Haupthaus war nur angelehnt, er öffnete sie einen Spalt und lauschte. Nichts. Er schaute sich um. Dicke Teppiche bedeckten den Boden der Diele, und der große Spiegel in dem vergoldeten Barockrahmen wirkte teuer. Von den vielen Türen stand eine offen und gewährte einen Blick in ein exquisit ausgestattetes Herrenzimmer. Eine breite Treppe führte nach oben.

Die Schwarze Fledermaus schaute flüchtig in alle Räume, um sich einen ersten Überblick zu verschaffen, stieg anschließend die Treppe empor und inspizierte das obere Geschoss. Er war allein in dem großen Haus. Er kam wieder herunter und nahm sich den Schreibtisch im Arbeitszimmer vor. Den Hausherrn erwartete er erst lange nach Mitternacht. Schnell aber gründlich sah er sich die gefundenen Papiere an. Dem erfahrenen Juristen entging so schnell keine Unregelmäßigkeit. Doch die Dokumente schienen in Ordnung. Sogar die Steuererklärungen waren säuberlich abgeheftet. Resigniert seufzend legte der Maskierte die letzten Blätter an ihren Platz zurück. Nun, es wäre auch zu einfach gewesen. Ein Mann wie Maggiare brauchte einen sichereren Ort für seine Unterlagen als den Schreibtisch.

Suchend blickte der Maskierte sich um. Der Schreibtisch stand unter dem Fenster, an der Wand rechtwinklig davon befand sich ein Bücherregal, direkt gegenüber von einem überdimensionalen Barschrank, und mitten im Raum eine gemütliche Sitzecke. Das alles wirkte so geschmackvoll und gediegen wie er es einem Gangster wie Maggiare gar nicht zugetraut hätte. Doch etwas störte. Seitlich neben dem Barschrank stand eine aus Holz geschnitzte und bemalte lebensgroße Figur. Sie stellte einen Schwarzen dar, der mit einem goldglänzenden Baströckchen und einem ebensolchen Turban bekleidet war. In der erhobenen rechten Hand hielt er eine Lampe in Form einer brennenden Fackel. Diese Geschmacksverirrung passte nicht zu der übrigen Einrichtung. Kaum streifte dieser Gedanke die Schwarze Fledermaus, begann der Maskierte auch schon, die Figur zu untersuchen. Seine sensiblen Finger tasteten Zentimeter für Zentimeter ab. Plötzlich, er war gerade dabei, das filigran geschnitzte Röckchen zu befühlen, hörte er ein leises Klicken, und in dem muskulösen Oberschenkel des Mannes öffnete sich ein Türchen, das vorher nicht zu erkennen gewesen war. Im dahinterliegenden Geheimfach entdeckte Quinn Unterlagen, die es in sich hatten, wie er bei einem ersten oberflächlichen Durchsehen bemerkte: Listen über Spielgewinne in den geheimen Hinterzimmern, sowie Ausgaben und Einkommen diverser Bordelle. Die Schwarze Fledermaus staunte, als sie sah, wie viele Clubs Maggiare tatsächlich besaß. Nach einem Blick auf die Uhr beschloss er, kein Risiko einzugehen und sofort alles fotografisch festzuhalten. Noch sollte Maggiare nicht wissen, dass jemand seinen Geheimsafe entdeckt hatte.

Als auch das letzte Blatt fotografiert worden war, atmete Quinn erleichtert auf. Sorgsam legte er Blatt für Blatt genau dorthin zurück, woher er es genommen hatte und schloss den Safe. Immer wieder hatte er zwischenzeitlich nach draußen gelauscht, doch außer dem Gebell der Hunde ab und zu war nichts zu hören gewesen. Jetzt setzte er sich an den Schreibtisch und erwartete seelenruhig die Ankunft des Hausherrn.

Zuerst vernahm er das Dröhnen eines hochgezüchteten Motors, dann Bremsenquietschen. Eine Autotür knallte, jemand rief laut nach Jack und Daniel. Dann folgte eine Unterhaltung, von der die Schwarze Fledermaus nur Bruchstücke mitbekam. Hauptsächlich ging es darum, dass die Wächter keine besonderen Vorkommnisse zu vermelden hatten. Die Mundwinkel der Schwarzen Fledermaus verzogen sich unter der Maske amüsiert. Maggiare würde sich wundern.

Er hörte, wie zwei Männer das Haus betraten, was bedeutete, dass der Maskierte seine Pläne ändern musste. Er hätte gleich daran denken sollen, dass ein Mann wie Maggiare nicht ohne seinen Leibwächter herumlief. Die Schwarze Fledermaus verließ ihren Platz hinter dem Schreibtisch und verbarg sich hinter einem Vorhang. Schon kamen die beiden herein. Maggiares weißer, teurer Anzug saß wie angegossen. Sein Schneider hatte es verstanden, das gute Stück so zuzuschneiden, dass keine Ausbuchtungen unter den Achseln zu sehen waren. Ganz im Gegensatz zu seinem Leibwächter. Wo der seine Waffen trug, war ein offenes Geheimnis. Sein Jackett beulte sich an den entsprechenden Stellen ordentlich aus.

Der Nachtclubbesitzer ließ sich in einen Sessel fallen. „Whisky!", bellte er.

Für die Eleganz des Hauses und der Kleidung musste ein anderer zuständig sein – vielleicht eine Freundin – denn er selbst wirkte mit seinem feisten Gesicht und der Zigarette im Mundwinkel wie ein typischer Gangster.

Der Leibwächter hantierte an der Bar. Im Gegensatz zu seinem Boss war er groß und hager und wirkte eher schlaksig. Sein lang gezogenes Gesicht glich dem einer traurigen Bulldogge, selbstständiges Denken durfte man ihm nicht zumuten. Endlich hatte er Whisky und Soda gemischt und trug das Glas zu Maggiare hinüber.

„Wie oft habe ich dir schon gesagt, dass du das Glas auf ein Tablett stellen sollst! So macht man das bei feinen Leuten. Und wir gehören jetzt schließlich dazu."

„Ja, Chef."

„Hau ab! Geh schlafen!"

„Wird Ihnen auch nichts passieren?"

„Hier? In meinem Haus? Jack und Daniel sind draußen mit den Hunden, dazu die Stolperfallen. Wer sollte hier schon reinkommen? Verschwinde endlich."

„Ich geh ja schon. Gute Nacht."

Er verschwand über die Treppe nach oben. Maggiare lümmelte im Sessel und zog ein nachdenkliches Gesicht. Dann stand er auf, ging zu dem Lampenträger hinüber und öffnete das Geheimfach. Während er der Schwarzen Fledermaus den Rücken zudrehte und sich mit seinen Unterlagen beschäftigte, schlich diese geräuschlos durch die noch offenstehende Tür hinaus und hinter dem Bulldoggengesicht her. Er wollte keine unliebsamen Überraschungen riskieren, wenn er mit Maggiare redete. Im oberen Stockwerk blieb er einen Moment lauschend stehen, um sich zu orientieren. Es gab mehrere Schlafzimmer mit angeschlossenen Bädern hier oben. Aus einem Raum gleich neben der Treppe drangen leise Geräusche, wie sie entstehen, wenn sich jemand im Bad aufhält.

Giovanni Fiumicino hasste seinen Job und seinen Chef. Immer öfter schlug der ihm gegenüber einen Ton an, als hielte er seinen Leibwächter für geistig minderbemittelt. Schuld daran war die neue Freundin des Chefs, die glaubte, etwas Besseres zu sein, weil sie einmal als Model auf dem Laufsteg gestanden hatte. Vor fünf oder sechs Jahren. Und auch nur für ein Kaufhaus, nicht einmal für eine berühmte Modemarke. In Giovannis Augen war sie ein Flittchen, ein teures zwar, aber ein Flittchen. Maggiare sah das natürlich anders. Er himmelte sie an. Egal was sie vorschlug, es wurde gemacht. Allein für die Art und Weise wie der Kerl ihn nach einem Whisky schickte, gehörte er erschossen! Schließlich war Giovanni Leibwächter und kein Diener. Aber um einen richtigen Butler einzustellen, war Maggiare zu geizig. Nichts wünschte Giovanni sich sehnlicher, als seinem Chef seinen Wert zu beweisen. Dann könnte er auch endlich eine Gehaltserhöhung verlangen. Sicher, er hatte

Maggiare schon eine Menge Leute vom Leib gehalten, aber das waren zudringliche Schnorrer gewesen, keine echten Kämpfer. Wer den Nachtclubbesitzer kannte, hütete sich, sich mit ihm anzulegen. Der konnte giftig werden wie eine Viper.

Während Giovanni unter der Dusche laut und falsch den neusten Schlager pfiff und seinen Träumen nachhing, drang die Schwarze Fledermaus unbemerkt bei ihm ein. Ein Kinderspiel für den erfahrenen Kriminalisten. Die Tür war nicht einmal abgeschlossen. Die zwei Pistolen des Leibwächters lagen auf dem Bett, daneben Schlagring und Messer. Auf dem Nachttisch stand eine halb geleerte Flasche Whisky. Normalerweise schlug die Schwarze Fledermaus keinen Unbeteiligten einfach nieder, doch zum einen war Giovanni kein wirklich Unbeteiligter, zum anderen musste Lärm unbedingt vermieden werden, wollte er Maggiare überraschen. Also fasste der Maskierte seine Pistole am Lauf, stellte sich hinter die Tür zum Badezimmer und wartete. Noch immer pfeifend, dieses Mal eher traurige Molltöne, verließ Giovanni das Bad in geblümten Boxershorts. Mit einem sanften Schlag streckte die Schwarze Fledermaus ihn nieder. *Anfänger*, dachte Quinn verächtlich. Ein guter Leibwächter durfte niemals in seiner Aufmerksamkeit nachlassen, nicht einmal im Bad. Der Mann in Schwarz schnappte sich die zerknitterte Krawatte, die an einem Stuhl hing und fesselte den Bewusstlosen damit. Vorsichtshalber stopfte er ihm auch noch einen Knebel in den Mund. Dann schlich er die Treppe wieder hinunter.

Maggiare saß in einem Sessel und seine Stirn zeigte tiefe Denkerfalten. Irgendetwas schien ihm nicht zu behagen. Plötzlich erlosch das Licht. Blitzschnell verschwand der

Gangster hinter dem Sofa und gab ein paar gedämpfte Schüsse auf die Tür ab. Natürlich traf er niemanden. Im Gegensatz zu Maggiare konnte die Schwarze Fledermaus genau sehen, was vor sich ging.

„Setzen Sie sich wieder in den Sessel!“, befahl der Mann in Schwarz mit eiskalter Stimme.

Die Antwort war ein weiterer Schuss.

„Falls Sie glauben, dass Ihr Leibwächter Ihnen zu Hilfe kommt, haben Sie Pech. Der ist verhindert. Und da ich sämtliche Türen verriegelt habe, können auch die beiden Figuren von draußen nicht herein, falls sie die Schüsse überhaupt gehört haben. Wir sind allein. Also kommen Sie schon hinter dem Sofa hervor.“ Wieder diese kalte, unangenehme Stimme. Maggiare griff zur Pistole, um den Schalldämpfer abzuschrauben und somit die Wachposten draußen zu alarmieren, überlegte es sich aber anders – schließlich würden dann auch die Nachbarn die Schüsse hören – und er zielte ungenau in die Dunkelheit.

„Woher wollen Sie wissen, wo ich bin?“

„Die Schwarze Fledermaus sieht auch im Dunkeln.“

„Die Schwarze Fledermaus?“, schrie Maggiare. „Was wollen Sie von mir?“

„Antworten auf ein paar Fragen. Setzen Sie sich, dann können wir uns in Ruhe unterhalten.“

„Schalten Sie das Licht wieder ein!“ Er zielte ungefähr in die Richtung, aus der die verhasste Stimme kam, wagte aber noch nicht, zu schießen.

„Nicht nötig. Sie wissen, wo der Sessel steht. Setzen Sie sich und legen Sie die Pistole neben sich, sodass ich sie sehe.“

Maggiare tastete sich zu seinem Sessel und setze sich,

doch die Pistole hielt er weiterhin schussbereit in der Hand. Angestrengt horchte er ins Dunkel. Plötzlich spürte er einen harten Schlag auf den Unterarm, die Waffe fiel ihm aus der Hand und wurde geschickt aufgefangen. Bevor er noch reagieren konnte, hörte er ein leises Lachen von der Tür. „Nur damit Sie begreifen, dass die Dunkelheit mir nichts ausmacht. Und jetzt machen Sie den Mund zu. Sie sehen aus wie ein Fisch auf dem Trockenen."

Der Vergleich passte in jeder Beziehung. Maggiare schnappte atemlos nach Luft. Wie konnte ein Mensch nur in der Dunkelheit etwas sehen und sich dann auch noch so lautlos bewegen?

„Sie kannten John Grant!" Das klang nicht wie eine Frage und Maggiare wagte nicht, es abzuleugnen.

„Er hat dafür gesorgt, dass eines Ihrer Bordelle geschlossen wurde."

„Kein Bordell, ein Nachtclub, bitte. Das ist ein Unterschied. Und im Übrigen war er völlig legal. Dass mein Geschäftsführer ein bisschen auf eigene Faust gearbeitet und besonderen Stammgästen schon mal ein Mädchen empfohlen hat, habe ich nicht gewusst." Bei dieser dreisten Lüge hätte die Schwarze Fledermaus beinahe laut aufgelacht. Immerhin hatte die Polizei entsprechend eingerichtete Räume im oberen Stockwerk gefunden. Das hätte kein Geschäftsführer hinter dem Rücken eines Gangsters wie Maggiare geschafft, gleichgültig wie geschäftstüchtig er war.

„Was soll's? Ich besitze noch mehr Nachtclubs. Mit ehrlichen Männern, auf die ich mich verlassen kann. Wollen Sie mir etwa den Mord an Grant in die Schuhe schieben?"

„Sie hatten ein Motiv."

„Quatsch! Ich ..." Maggiare wollte noch mehr sagen, zögerte aber und überlegte erst einmal, wie die Schwarze Fledermaus an seiner gerunzelten Stirn erkannte. Dann gab sich der Nachtclubbesitzer einen sichtbaren Ruck. „Also gut, hören Sie zu. Ich will keinen Ärger mit Ihnen oder der Polizei. Meine Geschäfte sind zwar völlig in Ordnung, aber ich hasse unwillkommenen Besuch in der Nacht. Nur deshalb werde ich Ihnen jetzt etwas über Grant erzählen. Er war ein Spieler und pleite. Nicht bloß pleite, er hatte auch noch Schulden. Bei wem, weiß ich nicht so genau, aber er hatte die Hosen gestrichen voll. Zu den Banken wollte er nicht, da er angeblich Angst vor schlechter Publicity hatte. Er wollte schließlich in den Stadtrat gewählt werden. Ich denke jedoch, die Banken weigerten sich, ihm noch mehr Geld zu leihen. Egal, jedenfalls kam er zu mir – nachdem er meinen Club hatte schließen lassen. Nerven hatte der Bursche, also wirklich! Er bot mir ein Geschäft an: Ich sollte ihn bei seinen politischen Ambitionen unterstützen – ich habe da so meine Verbindungen – und er würde dafür sorgen, dass man meine Clubs in Ruhe lässt. Nachdem er einen meiner Clubs hat schließen lassen, würde niemand auf die Idee kommen, ihn der Korruption zu verdächtigen. Ein schlaues Kerlchen! Das muss der Neid ihm lassen. Sie sehen also, Grant war für mich nur lebendig von Nutzen. Ein Toter kann schließlich nicht in den Stadtrat gewählt werden."

„Sie sagten, er hatte Schulden. Bei Ihnen auch?"

Maggiare wollte nicht mit der Sprache heraus. Die Schwarze Fledermaus sah es ihm an. „Los reden Sie schon, ich finde es ja doch heraus."

„Ein paar hundert Dollar, nicht viel. Jedenfalls längst nicht so viel wie bei, na ja, eben bei anderen Leuten." Wieder zögerte er, bevor er fortfuhr. „Also gut, es war so, er hat mir ein Bild angeboten, als Sicherheit sozusagen. Aber ich verstehe zu wenig davon. Deshalb habe ich ihm eine Adresse gegeben."

Da er schon wieder innehielt, schnauzte der Maskierte: „Wessen Adresse? Reden Sie endlich."

„Ein ... äh guter Bekannter von mir, Luigi Bartoli, sammelt und verkauft alles, was man an die Wand hängen kann, insbesondere alte Schinken, Sie verstehen schon. Er kennt sich damit aus. Ich habe Grant zu ihm geschickt." Er nannte eine Adresse in einem der besseren Viertel Chicagos.

Wenn das stimmte, was Maggiare sagte, dann hatte er tatsächlich keinen Grund, John Grant umzulegen. Ganz im Gegenteil. Die Unterlagen, welche die Schwarze Fledermaus in dem Geheimfach gefunden hatte, bestätigten, dass Maggiare noch viele sogenannte Clubs besaß, und ein Politiker im Stadtrat, der seine schützende Hand über ihn hielt, war ungleich wertvoller als ein paar Uhren oder ein geschlossenes Bordell.

„Ich werde der Sache nachgehen. Sollten Sie gelogen haben, sehen wir uns wieder!"

Maggiare wartete, aber er hörte nichts mehr. Vorsichtig erhob er sich. War die Schwarze Fledermaus weg? Er tastete zum Lichtschalter, keine Reaktion. Offensichtlich hatte dieser verdammte Nachtfalter irgendwo einen Kurzschluss verursacht. Er fluchte, als er sich schmerzhaft am Schrank stieß. In der Schublade musste doch eine Taschenlampe sein. Wo steckte bloß Giovanni, sein wertloser Leibwächter? Dem würde er was erzählen!

Während Maggiare wütend die Treppe hinaufstürmte, saß die Schwarze Fledermaus längst im Ford und ließ sich von Butch nach Hause fahren.

Der murmelte immer wieder vor sich hin: „Ein Glück, dass Sie endlich da sind. Himmel, hat das lange gedauert. Ich wollte schon nachkommen, weil ich dachte, Ihnen sei etwas zugestoßen. Was hätte ich Carol sagen sollen? So lange dürfen Sie mich nicht wieder warten lassen, Chef. Nur gut, dass Sie heil wieder da sind."

„Beruhige dich, es ist alles gutgegangen, und ich habe einiges erfahren. Wir sprechen später darüber. Fahr so schnell du kannst, es wird bald hell. Fledermäuse sollten sich dann nicht mehr im Freien aufhalten." Gähnend drückte der Mann in Schwarz sich in die Polster und dachte über das Erfahrene nach.

Als sie die kleine Sackgasse hinter Quinns Grundstück erreicht hatten, hielt Butch kurz an. Die Autotür öffnete sich, und ein dunkler Schatten sprang über den rückwärtigen Zaun, huschte kaum sichtbar zwischen den Büschen hindurch, um anschließend im Gartenhäuschen zu verschwinden.

Im unterirdischen Gang, der zu dem geheimen Labor führte, blinkte eine rote Lampe, ein Zeichen, dass Besuch da war und bis ins Arbeitszimmer vorgedrungen war. Quinn zog im Laufen Maske und Umhang runter, riss sich den schwarzen Anzug vom Leib und hoffte, dass Silk etwas vorbereitet hatte.

Im Labor fand er neben seinem gewohnten grauen Tweedanzug ein paar schmutzverkrustete, elegante Schuhe. Etwas Gartenerde und ein paar Rosenblätter lagen auf dem Tisch. Daneben ein Notizblatt mit den hin gekritzelten Buchstaben: Plan B. Quinn brauchte nicht lange nachzudenken, um zu erkennen, was Silk mit „Plan B" meinte. Durch die verschlossene Tür zur Bibliothek hörte er Inspektor McGraths laute Stimme. So schnell er konnte zog er sich um, rieb seine Hände mit dem Schmutz und den Rosenblättern ein und klemmte eines hinter einen Manschettenknopf. Dann nahm er den weißen Stock, an dessen Spitze ebenfalls Gartenerde klebte, und rannte durch den Gang zurück zum Gartenhaus. Von dort bewegte er sich vorsichtig mit tastenden Schritten zur Terrassentür. Sein Stock klopfte laut auf dem mit Steinplatten ausgelegten Gartenweg. Wie erwartet stand die Terrassentür offen. Kurz bevor er eintrat, nahmen seine Augen den bekannten leeren Blick an.

„Silk!", rief er. „Silk, bist du da? Die neuen Rosen, die du ausgesucht hast, sind aufgeblüht. Sie besitzen einen außerordentlich starken Duft."

Er musste an sich halten, um nicht laut zu lachen. Inspektor McGrath stand mitten im Raum mit weit aufgerissenen Augen und offenem Mund. Er starrte Quinn an, als sähe er einen Geist.

Silk saß quer in Quinns altem Ledersessel vor dem Kamin. Seine Beine baumelten über der Armlehne. Er trug einen Pyjama und einen warmen Morgenmantel. Die wenigen Haare waren ungekämmt, als sei er eben erst aus dem Bett gekommen. „Sehen Sie Inspektor, ich habe Ihnen doch gesagt, dass Mr Quinn draußen sein muss, weil die Terrassentür offen steht."

„Natürlich ... als Schwarze Fledermaus."

„Inspektor McGrath? Sind Sie hier? Was ist denn los?", fragte Quinn und drehte hilflos den Kopf von einer Seite zur anderen. „Ich konnte nicht schlafen, deshalb bin ich aufgestanden und im Garten spazieren gegangen. Ich wollte Silk nicht wecken."

„Um diese Zeit? Es ist fünf Uhr morgens."

„Inspektor, ich habe Ihnen schon häufiger erklärt, dass Tag und Nacht für mich keinen Unterschied machen. Für mich ist es immer dunkel. Wenn ich nicht schlafen kann, stehe ich eben auf, egal wie spät es ist."

„Sie waren als Schwarze Fledermaus unterwegs. Leugnen Sie nicht, dieses Mal habe ich den Beweis."

„Was für einen Beweis?", fragte Quinn und streckte den Stock aus, um sich zu seinem Sessel hinüberzutasten.

„Stopp!", schrie Silk. „Warten Sie einen Moment, Sir, Ihre Schuhe und auch Ihr Stock sind völlig verschmutzt. Sie müssen mitten im Blumenbeet gestanden haben. Ziehen Sie die Schuhe bitte aus, bevor Sie die Erde auf dem Teppich verteilen. Ich hole Ihre Pantoffeln." Er sprang auf und lief hinaus.

Die Augen des Inspektors wanderten hinunter zu Quinns schwarzen Schuhen. Doch die Hoffnung, die für den Bruchteil einer Sekunde in seinen Augen aufgeblitzt war, erlosch sofort wieder. Quinn trug elegante Slipper mit dünnen Ledersohlen, nicht die festen Schuhe mit den dicken Kreppsohlen, auf denen die Schwarze Fledermaus sich lautlos zu bewegen pflegte. Als Quinn den Arm ausstreckte, um sich die Schuhe auszuziehen, rutschte der Ärmel des Jacketts hoch, und McGrath bemerkte ein Rosenblatt, das sich hinter dem goldenen Manschettenknopf verfangen hatte.

„Nein, das glaube ich einfach nicht. Sie waren nicht da, als ich kam. Für mich ist das Beweis genug", beharrte McGrath auf seiner Meinung.

„Wenn Sie glauben, damit einen Richter überzeugen zu können, verhaften Sie mich. Haben Sie die Handschellen dabei?"

Quinn streckte beide Hände aus. Scheinbar zufällig gerieten sie dicht unter die Nase des Inspektors. Der roch den Rosenduft. Also schien Quinn tatsächlich Blüten betastet zu haben. Dessen Gesicht war dem Inspektor zugewandt, doch die toten Augen blickten weit an ihm vorüber. Zum wiederholten Male fragte sich McGrath, wie Quinn es immer wieder schaffte, ihm zu entrinnen. Kein Richter würde seine Beweise akzeptieren. Er stieß einen tiefen Seufzer aus.

„Sie wissen genau, dass ich Sie nicht verhaften kann", knurrte er.

Silk kam mit den Pantoffeln und einem alten Lappen zurück. Er nahm Tony den weißen Stock aus der Hand und säuberte umständlich dessen Spitze. Dabei drehte er dem Polizisten den Rücken zu und grinste so unverschämt, dass Quinn seine gesamte Schauspielkunst aufbieten musste, um nicht ebenfalls zu lachen. Nachdem Silk seinem Chef Stock und Pantoffeln in die Hand gedrückt hatte, hob er die schmutzverkrusteten Schuhe auf.

„Möchten Sie vielleicht diese Erde mit der des Rosenbeetes vergleichen?", fragte er süffisant den Inspektor. „Dann packe ich Ihnen die Schuhe in eine Tüte. Mr Quinn ist sicher gern bereit, Sie zu dem besagten Beet zu begleiten, damit Sie auch dort eine Probe nehmen können."

Einen Moment sah es so aus, als wollte der Inspektor Silks Angebot annehmen. Quinn hieb in die gleiche Kerbe. „Kommen Sie, Inspektor, es sind nur neunundzwanzig Schritte bis dorthin, und dann können Sie mir auch gleich sagen, welche Farbe die Blüten haben."

McGrath schüttelte den Kopf „Lassen Sie nur, Mr Quinn. Wie es aussieht, habe ich mich wieder einmal blamiert. Aber irgendwann kriege ich Sie. Ganz gewiss. Gute Nacht."

Er ging von Silk begleitet zur Haustür. Sein Kopf hing nach unten, der Rücken war gebeugt, seine Haltung drückte tiefe Enttäuschung aus.

Als Silk zurückkam, saß Quinn lachend in seinem bevorzugten Ledersessel vor dem Kamin.

„Silk, du bist unbezahlbar! Das war eine hervorragende Idee. Der arme McGrath. Wieder einmal ist ihm die Schwarze Fledermaus entwischt."

„Es wurde höchste Zeit, dass Sie kamen. Der Inspektor war drauf und dran, den Garten abzusuchen."

„Oh weh, das hätte ins Auge gehen können!"

„Ja, daran hatte ich nicht gedacht, als mir die Idee mit dem Rosenbeet kam. Alle Achtung Sir, Sie haben schnell geschaltet. Ich hatte keine Zeit mehr zu schreiben. Der Inspektor hing an der Türglocke wie ein wilder Stier."

„Die Hinweise reichten aus! Einfach großartig, Silk." Quinn lachte noch immer. Er wischte sich die Tränen aus den Augen. „Aber jetzt lass uns schlafen gehen, ich bin todmüde. Alles andere erzähle ich morgen."

Silk löschte alle Lichter, es wurde still im Haus.

Am nächsten Morgen stand Quinn später als gewöhnlich auf. Als erstes rief er Carol an und bat sie, gemeinsam mit Butch alles über Luigi Bartoli in Erfahrung zu bringen. Ihm war dieser Name in seiner Eigenschaft als Staatsanwalt bisher nicht untergekommen, was natürlich nicht bedeuten musste, dass der Mann ehrlich war.

Da es im Büro nichts Dringliches zu tun gab, hatte er es nicht eilig. Quinn und Silk frühstückten in aller Ruhe, bevor sie in die Stadt fuhren.

Wie üblich führte Silk den Blinden über die langen Flure

der Staatsanwaltschaft. Jeder, der sie sah, grüßte freundlich. Quinn war bekannt und beliebt. Im Büro las Silk ihm diverse Akten vor, und es wurde später und später, ohne dass McGrath sich blicken ließ. Offensichtlich litt er unter der Niederlage. Dafür tauchte Kommissar Warner auf, den es offensichtlich nach einer kleinen Unterhaltung verlangte.

„Haben Sie schon gehört, dass McGrath einen Hehler ausfindig gemacht hat, dem eine von Grants Uhren angeboten wurde?", fragte er Quinn.

„Nein, der Inspektor war heute noch nicht hier."

„Nanu? Sonst läuft er doch mit jeder neuen Information gleich zu Ihnen." Dabei sah Warner Quinn neugierig an, was der natürlich nicht bemerken durfte. Unsicher tastete er über den Schreibtisch, fand seinen Tabakbeutel und schob ihn in Warners Richtung. „Bedienen Sie sich!"

Der beeilte sich, seine Pfeife mit Quinns erlesenem Tabak zu stopfen. Silk, der wie immer schräg hinter Quinn stand, gab ihm Feuer.

„Hm ja", sagte Warner, als die Pfeife zu seiner Zufriedenheit brannte. „Erinnern Sie sich an Sam Melchior? Sie haben ihn mal wegen Körperverletzung angeklagt. Da er aber nachweisen konnte, dass er in Notwehr gehandelt hatte, kam er mit einer milden Strafe davon. Seitdem gibt er uns ab und zu einen Tipp."

„Melchior?", wiederholte Quinn nachdenklich. „Doch ja, ich erinnere mich. Er handelte auch damals schon mit Hehlerware. Doch wir konnten ihm nie etwas nachweisen. Und der hat McGrath den Tipp gegeben? Interessant."

„Wieso? Was ist daran interessant? Jemand hat ihm eine wertvolle Taschenuhr angeboten. Da er keine Ahnung von Uhren und außerdem Angst hat, keinen Käufer zu finden, hat er abgelehnt. Dann hat er sich daran erinnert, dass wir ab und zu ein Auge zudrücken, wenn er uns mit Tipps versorgt und rief an."

Quinn nickte und tastete nach dem Tabakbeutel, den Warner ihm vor die suchenden Finger schob. Langsam und unbeholfen stopfte er seine Pfeife. „Und? Konnte er den Verkäufer beschreiben?"

„Nicht genau genug. Groß, vollschlank, Hut mit breiter Krempe, Sonnenbrille, grauer Bart."

Bei der Beschreibung kicherte Silk leise. Warner schaute zu ihm hinüber und zuckte die Schultern. „Immerhin hat der Täter sehr schnell versucht, die Sachen zu Geld zu machen. Das zeigt uns, dass er dringend welches braucht. Vielleicht kommen wir über die Schiene weiter. Wir werden jedenfalls alle in Frage kommenden Händler überwachen."

„Gut, Kommissar. Ist die Witwe wieder in ihr Haus zurückgekehrt, oder wohnt sie noch bei den Nachbarn?"

„Möchten Sie die Dame vielleicht besuchen?"

Quinn lächelte. „Sie klingen fast so misstrauisch wie McGrath. Nein, es ist reine Neugier. Mrs Grant war gestern hier, um uns noch einmal die Sache mit dem gefälschten Bild zu erklären. Sie hatte Angst, dass etwas davon in die Zeitung kommt."

„Eine tapfere Frau. Ihr Mann war übel zugerichtet, und sie hat ihn gefunden."

„Gibt es eigentlich eine Lebensversicherung?", fragte Silk. Bei Warner wagte er es, ab und zu Interesse zu zeigen. In Gegenwart aller anderen war er nur ein Diener, der seinem Chef hilfreich zur Seite stand.

Warner nickte. Dann, nach einem Blick auf Quinn, sagte er laut: „Ja, über fünfzigtausend Dollar. Eine Menge Geld.

Grant hatte sie kurz vor seinem Tod abgeschlossen. Genauer gesagt, als er mit seiner Sauberkeitskampagne anfing. Er wollte seine Frau abgesichert wissen, falls ihm etwas zustieße. So hat mir jedenfalls der Versicherungsangestellte die Sache erklärt."

„Was denn, er hatte Angst wegen dieser dämlichen Kampagne? Die war doch ein Witz. Wer nahm die denn ernst?"

„Still, Silk", ermahnte Quinn seinen Diener. „Grant hat es immerhin geschafft, dass Maggiare ein Bordell schließen musste. Das hat der Kommissar doch gestern erzählt."

„Verzeihung." Silk schwieg betreten.

Der Kommissar plauderte noch ein wenig über andere Fälle, als die Pfeife ausgebrannt war, verabschiedete er sich.

Quinn drehte sich zu Silk um. Seine Augen verloren den starren Ausdruck der Blindheit und blitzten jetzt klar und unternehmungslustig auf.

„Danke, dass du gefragt hast", sagte er. „So bin nicht immer ich derjenige, der neugierig erscheint. Die Witwe wird also eine schöne Stange Geld erhalten."

„Ich finde das nicht uninteressant."

„Wir werden sehen. Geh mal runter ins Archiv und schau nach, ob es dort eine Akte Bartoli gibt. Den Schriftsatz kann ich auch ohne deine Hilfe diktieren."

Carol wollte ihr Glück zunächst mit Hilfe des Telefons versuchen. Sie hatte fünf Luigi Bartolis im Telefonbuch gefunden und rief diese nun der Reihe nach unter dem Vorwand der Ahnenforschung an.

Indessen fuhr Butch allein in die Stadt. Er plante, sich in diversen Spelunken am Hafen herumzutreiben, um sich dort ein bisschen umzuhören. Das war die Umgebung, in der er sich auskannte und wohlfühlte, und mit etwas Glück würde er sogar seine Fäuste sprechen lassen können.

Zuerst ging er noch einmal in den grünen Hahn, eine üble Spelunke. Unrasiert und mit seinen ältesten Klamotten bekleidet, würde er dort nicht auffallen. Selbst zur Mittagszeit standen dort schon einige Typen an der Bar und kippten billigen Fusel in sich hinein. Sie musterten ihn misstrauisch, wandten sich aber bald wieder ihren Gesprächen zu, als er keine Anstalten machte, eine Unterhaltung zu beginnen. Stumm starrte Butch in seinen Whisky, hatte dabei aber Augen und Ohren offen. Neben ihm lehnte ein langer Kerl mit schwarzen Locken an der Theke. Nachdem auch er eine Weile schweigend einen Whisky nach dem anderen geschluckt hatte – Butch wunderte sich, wie man so viel von dem Zeug vertragen konnte, der Kerl musste einen Magen aus Eisen haben – drehte er sich plötzlich zu seinem Nachbarn um und prostete ihm zu: „Tod und Verdammnis der Schwarzen Fledermaus!"

Butch kaschierte sein Zusammenzucken, indem er nach dem Glas griff und sich seinem Nachbarn zuwandte. Der Kerl besaß ein Gesicht wie eine Bulldogge. „Darauf trinke ich auch! Der Schwarze hat mir ein erträgliches Geschäft versaut. Möge er alsbald in der Hölle schmoren. Prost!"

„So? Dich hat er also auch drangekriegt? Spendier mir noch'n Drink und erzähl."

Butch überlegte blitzschnell. Hatte der Chef nicht von einer Bilderfälschung gesprochen? Also erfand er rasch eine Geschichte, in der es um den Verkauf teurer, aber falscher Bilder ging.

„Und bei so was hast du mitgemacht?" Sein Nachbar wurde misstrauisch. „Du siehst gar nicht aus wie einer, der teure Schinken verkauft."

„Nee, so doch nich. Ich hab bloß aufgepasst, dass die feinen Herren nich gestört wurden. Ich und'n feiner Anzug – nee, das passt nich zusammen." Butch kicherte dümmlich und bestellte noch zwei Whisky. „Und was hat der Nachtfalter dir angetan?"

Der andere schüttelte nur traurig den Kopf. „Hab meinen Job verloren. Weil ich den Kerl nicht rechtzeitig entdeckt und entschärft habe. Eine Gemeinheit ist das! Ich habe noch von keinem gehört, der die Schwarze Fledermaus festhalten konnte. Aber mich hat man entlassen."

„Wer war denn dein Chef? Vielleicht kann ich ja den Job kriegen?"

„Würde ich dir nicht empfehlen. Maggiare ist geizig. Du kannst von Glück sagen, wenn du überhaupt Geld zu sehen kriegst."

„So, meinst du?" Butch hielt drohend seine riesigen Pranken hoch.

„Gegen eine Kugel nützen dir deine Fäuste auch nichts. Lass die Finger davon."

Butch legte die Stirn in Falten und schien angestrengt zu überlegen, schließlich sagte er: „Hm ja, wen die Schwarze Fledermaus erst im Visier hat, den lässt die so schnell nich wieder los. Vielleicht sollte man sich wirklich von Maggiare fernhalten. Ich bin nich scharf drauf, mich noch einmal mit dem schwarzen Flieger anzulegen."

„Ach was, den Kerl hat Maggiare eingewickelt. Der kommt so schnell nicht wieder."

Butch zuckte nur vielsagend mit den Schultern und grinste. Der andere starrte ihm zweifelnd ins Gesicht und meinte: „Wer weiß, vielleicht ist es doch nicht so schlecht, dass ich meinen Job los bin. Meinst du wirklich, der kommt zurück?"

„Woher soll ich das wissen? Du hast bei Maggiare gearbeitet. Hat er dir erzählt, warum der Maskierte ihn besucht hat?"

„Natürlich nicht. Aber ich kann es mir denken, es gibt nur eine Möglichkeit: Nämlich wegen dem Neffen des Alten, der hat ein paar krumme Dinger gedreht und ist dann plötzlich verschwunden. Spurlos."

„Wie? Einfach so?" Butch schnippte mit den Fingern.

„Einfach so", wiederholte Giovanni. „Du kennst doch die Geschichten, wo ein Mann Zigaretten holen geht und nicht wiederkommt. Genauso ist es passiert. Maggiare ist stinksauer deswegen. Er hat dem Jungen ein paar Sachen anvertraut, die man nicht jedem erzählt. Aber innerhalb der Familie ... du verstehst?"

„Klar! Und du glaubst, die Schwarze Fledermaus wäre deswegen bei deinem Chef gewesen?"

„Weshalb sonst? Erst dachte ich ja, der Chef selbst hätte dafür gesorgt, dass Alfredo den Mund für immer hält, aber das glaube ich nicht mehr. Maggiare ist nicht bloß wütend, der hat auch Angst. Bis dahin gab es keinen einzigen Beweis, dass er regelmäßig etwas ... äh ... neben den Gesetzen jongliert. Er war immer vorsichtig. Aber wenn Alfredo bei den falschen Leuten geplaudert hat, oder die Konkurrenz ihn geschnappt und zum Reden gebracht hat ... Nee, ich möchte nicht in Maggiares Haut stecken. Ich bin sicher, dass der Schwarze mehr darüber weiß."

Butch nickte. „Schon möglich. Der Kerl scheint seine Ohren ja überall zu haben!"

Giovanni trank sein Glas leer, stierte Butch aus unterlaufenen Augen an und meinte plötzlich: „Ich rede zu viel. Wer bist du eigentlich?"

„Na hör mal, schon vergessen? Ich bin doch Black Jack, ich bin öfter hier." Butch schob ihm seinen Whisky hin. Er war froh, wenn er das Gesöff nicht trinken musste. „Hier trink noch einen, ich bestelle Nachschub. Hab ne erfolgreiche Nacht hinter mir." Dabei strich Butch sich vielsagend mit dem Zeigefinger über den Hals. In Giovannis Augen glomm Ehrfurcht auf. „Solche Jobs übernimmst du auch? Alle Achtung ... hicks. Muss Platz schaffen für den nächsten Drink." Leicht schwankend ging er nach hinten, und Butch nutzte die Gelegenheit, um unauffällig zu verschwinden.

Als Quinn sein Haus betreten hatte, tastete er sich in seine Bibliothek und behielt das Gebaren eines Blinden bei, bis er sicher war, dass sich niemand eingeschlichen hatte. Erst dann gab er Silk ein Zeichen, die Vorhänge zuzuziehen und ging auf die Bücherwand zu, um die geheime Tür zu seinem Labor zu öffnen. Es wurde höchste Zeit, sich endlich um die Fingerabdrücke zu kümmern, welche die Schwarze Fledermaus sichergestellt hatte. Doch er wurde bei seiner Arbeit unterbrochen, denn Butch und Carol kamen. Silk servierte allen einen Whisky, dann begannen sie der Reihe nach zu berichten.

Eine Strafakte über Bartoli existierte nicht, und auch die im Polizeiarchiv tätigen Beamten hatten den Namen noch nie gehört. Butch hatte ebenfalls nichts über ihn herausfinden können. Sein Treffen mit Maggiares ehemaligem Leibwächter amüsierte Quinn, und die Geschichte von dem verschwundenen Neffen ließ ihn aufhorchen. „Hast du Giovannis neue Adresse?"

„Klar, ich dachte, falls Sie noch Fragen an ihn haben. Der Wirt hat sie mir anstandslos gegeben. Schließlich konnte er beobachten, wie freundschaftlich wir miteinander umgingen."

„Sehr schön, aber eins nach dem anderen. Sobald der Fall Grant gelöst ist, werden wir uns um Maggiare und seinen Neffen kümmern", beschloss Tony. „Die Familie scheint ein Fall für die Schwarze Fledermaus zu sein. Carol, hast du wenigstens etwas über Luigi Bartoli in Erfahrung bringen können?"

„Oh ja", antwortete sie, voller Stolz und Freude, dass ihr gelungen war, was die Männer nicht geschafft hatten. „Ich habe ins Telefonbuch geschaut und denke, dass wir den Sänger, den Professor, den Arzt und den Elektriker vergessen können. Interessant erschien mir nur der Galerist, weshalb ich ihn aufgesucht habe. Er besitzt eine recht große Galerie mit Bildern und Skulpturen mehr oder weniger bekannter, moderner Künstler. Wirklich, ein interessanter Mann: Er sieht gut aus, scheint eine Menge von Kunst zu verstehen und Verbindungen in die besten Kreise zu haben. Du als Blinder musst ihn natürlich nicht kennen", fügte sie lächelnd hinzu. Tony und Silk grinsten, Butch lachte laut heraus.

„Du bist ein großes Risiko eingegangen. Wenn er nun deine Stimme vom Telefon wiedererkannt hätte?"

„Konnte er nicht. Am Telefon habe ich mit italienischem Akzent gesprochen und mich als Carola Bartoli ausgegeben, die wegen einer Familienfeier auf der Suche nach Verwandten ist. In der Galerie trug ich meinen elegantesten Fummel. Und wenn eine offensichtlich reiche Frau auftaucht, die bereit ist, viel Geld auszugeben, glaubst du, dass dann noch ein Mann auf die Stimme achtet?“ Tony schüttelte erwartungsgemäß den Kopf.

„Wie hast du dich aus der Affäre gezogen? Du hast doch bestimmt kein Bild gekauft, oder?“, fragte Butch neugierig.

Carol lachte laut. „Natürlich nicht. Ich suchte ein teures Gemälde aus und erklärte, dass mein Ehemann erst seine Zustimmung geben muss, bevor ich es kaufen kann. Bartoli zeigte volles Verständnis und versprach, das Bild eine Woche zurückzuhalten. Und dabei ... ich meine, als er es ins Hinterzimmer brachte ... ist mir etwas aufgefallen, es standen ziemlich viele Bilder dort herum.“

„Das ist doch nicht verdächtig“, unterbrach Silk.

„Lass mich ausreden. Diese Bilder durfte ich mir nicht anschauen. Bartoli zog den Vorhang vehement zu und scheuchte mich in den Laden zurück. Ich konnte leider nicht viel sehen, nur dass vorn ein paar Gemälde im impressionistischen Stil standen, das konnte ich erkennen. Ich bin keine Fachfrau für Gemälde, aber sie sahen alle echt aus. Und wenn jemand einen alten Impressionisten besitzt, dann wird er den doch nicht einer kleinen, unbekannten Galerie anvertrauen.“ Fragend blickte sie Tony an.

„Ich stimme dir zu – falls es sich tatsächlich um wertvolle Bilder handelt. Das werde ich heute Nacht klären. Maggiares Freund wird unerwarteten Besuch bekommen.“

„Fein“, freute sich Butch. „Darf ich Sie begleiten?“

Tony nickte. Silk war natürlich enttäuscht, aber er hatte in der letzten Nacht eingesehen, wie wichtig es war, dass er daheim blieb, um im Notfall McGrath abzuwehren. Während Carol Butch eine genaue Wegbeschreibung gab, verwandelte Tony sich wieder einmal in die Schwarze Fledermaus.

Bartoli bewohnte ein Apartment direkt über seiner Galerie, die sich in einem der vielen Hochhäuser am Michiganboulevard befand. Es würde nicht leicht sein, da unbemerkt hineinzukommen. Der Eingang war hell erleuchtet, die Straßenlaternen standen ziemlich dicht, dazu kam noch der Mondschein.

Quinn schaute zum Himmel. Ein kleiner Teil des fast vollen Mondes wurde bereits von einer Wolke verdeckt. Es würde nicht mehr lange dauern, dann würde auch der Rest unter der Wolkendecke verschwinden. Vom See zog Nebel herauf.

„Wie wollen Sie's machen, Chef?", fragte Butch. „Durch den Vordereingang können Sie nicht. Soll ich mal ums Haus herumgehen und mir die Feuerleiter ansehen?"

„Fahre eine Runde um den Block und parke dann dort vorn unter den Bäumen. Wir haben Glück, der Nebel wird dichter."

Während Butch sich auf dem Gehsteig umständlich eine Zigarette anzündete und dabei auf jede Bewegung achtete, huschte der Maskierte ungesehen in den Hof hinter dem Haus. Im Gegensatz zur schillernden Fassade wirkte der Hof verkommen, die Feuertreppe alt und angerostet. Eine mit Gerümpel vollgestellte Treppe führte hinunter zur Kellertür. Der Maskierte stand neben einer Mülltonne und überlegte, ob er diesen Weg ausprobieren sollte, als er jemanden in der Nähe atmen hörte. Es war einer jener seltenen Momente, in denen weder Autos noch Fußgänger vorbeikamen. Der Mann, er schien unter leichtem Asthma zu leiden, musste auf der anderen Seite der Mülltonne stehen. Aufmerksam lauschte Quinn. Sein Gehör hatte in der Zeit der Blindheit eine ungewöhnliche Schärfe entwickelt. Und auch als er längst wieder sehen konnte, war die Fähigkeit, leiseste Geräusche wahrzunehmen, geblieben. Deshalb erkannte er jetzt auch, dass der andere versuchte, an der Hofmauer entlang zu schleichen. Wenn er dort weiter ging, würde er in den Rücken des Maskierten gelangen. Ein Einbrecher? Oder sollte er es gar auf die Schwarze Fledermaus abgesehen haben?

Durch seine Nachtsichtigkeit im Vorteil, bewegte Quinn sich unhörbar um die alte Mülltonne herum und sah einen ebenfalls in Schwarz gekleideten Mann, der ein Messer stoßbereit in der Hand hielt. Da der Unbekannte durch den aufkommenden Nebel behindert wurde, schob er sich nur noch zentimeterweise vor. Mit einem Satz war die Schwarze Fledermaus hinter ihm, und bevor der andere sich nur umdrehen konnte, hatte der Maskierte ihm einen Arm um den Hals gelegt und schlug mit der anderen Hand das Messer fort.

„Was tust du hier?"

Der Mann trat nach hinten aus und versuchte so, der Umklammerung zu entkommen, doch Quinn drückte noch etwas stärker zu. „Los, antworte. Auf wen wartest du hier?"

„Ich ... äh ... auf einen Kumpel."

„Mit dem Messer in der Hand?"

In dem Moment tauchte Butch an der Hofeinfahrt auf. Dunkelheit und Nebel ließen nur seine übergroße Gestalt erkennen.

„Ich denke, ich werde dich meinem Freund übergeben. Er weiß mit Typen wie dir umzugehen." Kalt und böse drang die Stimme ins Ohr des verhinderten Messerhelden. Der zappelte jetzt mit Armen und Beinen, um den stählernen Griff zu lösen. Bisher hatte er nicht sehen können, wer ihn festhielt. Nur dass jetzt ein Riese mit bedrohlichem Knurren auf ihn zukam, sah er ziemlich deutlich.

„Halt, warte! Wir können das Ding doch gemeinsam drehen. Ist vielleicht sogar besser. Der Kerl ist gefährlich wie `ne Klapperschlange."

„Welcher Kerl? Von wem redest du?"

„Von der Schwarzen Fledermaus, sie wird hier auftauchen. Ganz bestimmt. Wir können uns das Kopfgeld teilen, wenn du mir hilfst, den Kerl umzulegen."

„Dir werde ich helfen!" Butch hob seine Fäuste und wäre auf den Gefangenen losgegangen, wenn Quinn ihn nicht mit einem scharfen Zuruf zurückgehalten hätte. Mit vereinten Kräften fesselten sie den Mann, und jetzt erst konnte die Schwarze Fledermaus das Gesicht des Gefangenen deutlich sehen.

„Dich kenne ich doch. Natürlich, gestern Abend, du gehörst zu Maggiares Leuten. Hat er dir etwa befohlen, hier auf mich zu warten?"

„Du bist ... Sie sind ...." Der Mann, der gestern Abend Maggiares Grundstück bewacht hatte, begann zu stottern. „So `ne Scheiße! Immer erwischt es mich! Erst der Ärger mit dem Chef, weil wir Sie nicht entdeckt haben und jetzt das hier!" Seine Stimme klang, als würde er jeden Moment anfangen zu weinen. „Nein, ich bin nicht auf Maggiares Befehl hier. Ich hatte die Schüsse gehört und kam nicht ins Haus, deshalb stand ich am Fenster, als der Chef Ihnen diese Adresse nannte und ..."

„Und da hast du Würstchen gedacht, du könntest dir mal eben die Belohnung verdienen, was?", knurrte Butch, der sich nur mit Mühe beherrschen konnte.

Der andere nickte stumm.

„Schaff ihn zur nächsten Polizeistation", befahl die

Schwarze Fledermaus. „Vielleicht steht er auf der Fahndungsliste.“

Butch warf sich den Mann über die Schulter, trug ihn zum Ford und stopfte ihn auf den Rücksitz.

Indessen verfolgte der Mann in Schwarz seinen ursprünglichen Plan, stieg die Kellertreppe hinunter und öffnete die Hintertür mit einem Dietrich. Ein Kinderspiel. Er lauschte kurz, und als er nichts hörte, eilte er direkt zur Tür, die ins Treppenhaus führte und hinauf ins Erdgeschoss. Vorsichtig lugte er um die Ecke und sah einen langen Flur vor sich, der nur mäßig erhellt war. Am rechten Ende befand sich die Eingangshalle. Gerade kam ein Nachtschwärmer heim und ging leicht schwankend zum Aufzug, ohne auch nur einen Blick den Gang hinunter zur leicht geöffneten Kellertür zu werfen. Die Schwarze Fledermaus überlegte. Die Galerie befand sich an der Hausecke, die am weitesten vom Eingang entfernt war. Er brauchte also gar nicht die hell erleuchtete Eingangshalle zu durchqueren, sondern nur den Flur links entlang gehen bis zum Ende. Er hoffte, dass in der kurzen Zeit niemand kam. Fast unhörbar rannte er den Gang hinunter. Die letzte Tür auf der rechten Seite zierte ein auffallendes Namensschild: Galerie Bartoli. Auch die knackte er problemlos.

Nun befand er sich im hinteren Teil der Galerie, genau in jenem Raum, den Carol so interessant gefunden hatte. Überall standen und hingen Bilder, an den Wänden, auf Staffeleien, selbst auf dem Tisch lagen einige. Auch er war kein Kunstkenner. Aber er konnte einen Meister von einem Stümper unterscheiden. Und hier sah es aus, als male ein Besessener. Ein und dasselbe Motiv, ein kleiner Junge mit großen, braunen Augen auf einem Pony oder vor einem blühenden Busch, am Strand oder auf einer Wiese war in verschiedenen Fertigungsstufen zu sehen, mal mehr, mal weniger gekonnt. Der Maskierte schaute genauer hin und fand keine Signatur. Ob Bartoli das gemalt hatte? Warum immer wieder dasselbe Kind?

Der Verkaufsraum interessierte ihn nicht weiter, sodass er nach einer Möglichkeit suchte, von der Galerie direkt in die Wohnung zu gelangen. Er konnte sich nicht vorstellen, dass Bartoli jedes Mal den Umweg über den langen Flur nehmen würde. Und richtig, in einem weiteren Raum, der anscheinend sowohl als Teeküche wie auch als Büro diente, gab es eine Wendeltreppe nach oben.

Nur wenige Sekunden später stand die Schwarze Fledermaus in Bartolis Wohnraum. Für einen wohlsituierten Galeristen war er auffallend billig möbliert. Ein paar einfache Sessel, ein niedriger Couchtisch, Stehlampe und Schrank waren alles. Gewohnheitsmäßig lauschte der Maskierte erst einmal und hörte durchdringende Schnarchgeräusche, die aus dem angrenzenden Schlafzimmer drangen. Leise öffnete er die Tür und sah den Schnarcher quer in einem breiten Bett liegen. Auf dem Nachttischchen stand in einem silbernen Rahmen ein Foto des Jungen, den Bartoli immer wieder zu malen versucht hatte. Ein schwarzer Trauerflor hing über einer Ecke.

Bevor der Mann in Schwarz den Schläfer weckte, schaute er erst einmal in alle anderen Räume. Es gab deren nur noch zwei, Bad und Küche. Beide waren klein und nur notdürftig eingerichtet. Offenbar warf die Galerie nicht so viel ab wie zunächst vermutet.

Leise berührte der Maskierte den Schläfer an der Schulter. Er hatte kein Licht eingeschaltet.

„Annie, was ist los?" Ein Arm langte zur anderen Bettseite. „Bin müde, lass mich schlafen."

„Ich bin nicht Annie. Sie sollten besser wach werden."

„Hä?" Jetzt tastete Bartoli, denn um ihn musste es sich handeln, zur Nachttischleuchte. Eine starke, behandschuhte Hand umfasste die seine und hielt sie fest.

„Wir brauchen bei unserem Gespräch kein Licht!"

War Bartoli bis jetzt noch ziemlich gelassen gewesen, da er immer noch schlaftrunken und auf der Suche nach Annie war, schrie er jetzt entsetzt auf. „Wer ist da? Was wollen sie? Ich habe kein Geld!"

„Keine Angst, ich will Ihr Geld nicht. Ich verlange nur Antworten auf ein paar Fragen. Ehrliche Antworten."

„Wer ... wer sind Sie?"

„Haben Sie schon mal von der Schwarzen Fledermaus gehört?"

„Ja, schon, aber soweit ich weiß, jagt die doch Verbrecher. Und ich bin kein Gangster."

Der Maskierte lachte leise. „Vielleicht nicht. Aber ich hoffe, Sie können mir trotzdem weiterhelfen."

Das warme Lachen schien den Mann zu beruhigen. Er richtete sich im Bett auf und fragte: „Also gut, was wollen Sie wissen?"

„Sie kennen Ennio di Maggiare?" Das war mehr eine Feststellung als eine Frage." Bartoli nickte bereitwillig.

„In welcher Beziehung stehen Sie zu ihm?"

Bartoli zögerte auffallend, endlich sagte er: „Wir haben mal Geschäfte zusammen gemacht. Ist schon lange her."

„So? Er hat Ihnen doch neulich einen Kunden geschickt?"

„Grant? Meinen Sie John Grant, der ermordet worden ist?"

Eine Mischung aus Verschlagenheit und Erleichterung

machte sich in Bartolis Gesicht breit, wie die Schwarze Fledermaus genau erkannte.

„Was wollte Grant bei Ihnen? Und lügen Sie mich nicht an.“ Das klang so kalt und gebieterisch, dass Bartoli seine ursprüngliche Absicht änderte und losplapperte: „Grant wollte mir ein Bild verkaufen, einen Monet. Es handelte sich um eine Fälschung, deshalb habe ich abgelehnt.“

„Und das haben Sie sofort erkannt?“

Bartoli richtete sich auf, soweit das im Sitzen möglich war und meinte herablassend: „Ich habe Kunstgeschichte studiert. Ich erkenne eine Fälschung.“

„Hm, Sie machen nicht den Eindruck als könnten Sie es sich leisten, einen echten Monet zu kaufen.“

Der andere seufzte. „Stimmt. Doch wenn er echt gewesen wäre, hätte ich Grant problemlos einen Käufer vermitteln und die Provision einstecken können. Aber so?“

„Wusste Grant, dass es sich um eine Fälschung handelte?“ Die Schwarze Fledermaus wartete gespannt auf die Antwort. Sie würde etwas über Grants Ehrlichkeit aussagen. Bartoli zögerte lange. Zu lange, um jetzt noch zu lügen.

„Er wusste es. Als ich vorschlug, das Gemälde von einem anerkannten Fachmann auf seine Echtheit prüfen zu lassen, gab er es zu.“

Die Schwarze Fledermaus erkannte, dass es noch mehr zu sagen gab und wartete schweigend.

„Also gut, irgendwann kriegen Sie es ja doch heraus. Ich habe früher mit ein paar Fälschungen gehandelt. Ist längst verjährt, sonst würde ich es Ihnen nicht erzählen. Maggiare weiß das, er hat mir damals den Künstler vermittelt und abkassiert. Deshalb schickte er Grant zu mir. Der saß tief in der Tinte. Mehr Schulden als er überblicken konnte. Und auch noch bei den falschen Leuten. Der Mann hatte Angst, richtige Angst. Aber ich konnte ihm nicht helfen. Hab schon seit Jahren kein krummes Ding mehr gedreht. Schauen Sie sich um, dann wissen Sie, dass es stimmt. Und da die ollen Kamellen verjährt sind, wollte ich kein Risiko mehr eingehen. Also habe ich Grant weggeschickt."

„Und Maggiare?"

„Der war sauer. Hätte Grant nicht rechtzeitig den Sprung in die Kiste getan, hätte Ennio wahrscheinlich versucht, mich umzustimmen."

„Hätte er das gekonnt?"

Bartoli hob die Schultern. „Für ihn arbeiten ein paar üble Burschen. Doch, ich schätze, er hätte meine Meinung ändern können. Zum Glück ist es nicht soweit gekommen."

„Weil jemand Grant rechtzeitig umgebracht hat."

Jetzt zuckte Bartoli doch zusammen. „Sie glauben doch nicht, dass ich etwas damit zu tun habe? Ich meine, ich bin froh, dass es so gekommen ist, aber das reicht doch als Mordmotiv nicht aus."

Der Meinung war auch die Schwarze Fledermaus, und als Bartoli auch noch ein Alibi für die Tatzeit vorweisen konnte – er hatte mit seiner Annie eine Party besucht, die bis in die frühen Morgenstunden gedauert hatte – strich der Maskierte ihn von der Verdächtigenliste, auf der er nie wirklich gestanden hatte.

„Hallo, sind Sie noch da?", fragte der Galeriebesitzer, als er längere Zeit nichts gehört hatte. Da keine Antwort erfolgte, knipste er das Licht an. Niemand war zu sehen. Er schüttelte den Kopf. Manchmal bissen doch die richtigen Leute zur richtigen Zeit ins Gras, dachte er noch, bevor es wieder dunkel wurde, er sich umdrehte und weiterschlief. Butch hatte den Gangster wie befohlen bei der nächsten Polizeistation abgeliefert und wartete jetzt auf die Rückkehr seines Chefs. Plötzlich öffnete sich die Autotür. Butch zuckte erschrocken zusammen. Dann sah er den schwarzen Schatten.

„Müssen Sie Ihre Mitarbeiter immer so erschrecken?", fragte er ein wenig vorwurfsvoll.

„Fahr uns zu Grants Villa, ich bin gespannt, wie sich die Witwe der Schwarzen Fledermaus gegenüber verhält", gab Quinn zurück.

„Misstrauen Sie ihr etwa? Die Ehe soll glücklich gewesen sein, hat Carol doch berichtet."

Quinn schwieg nachdenklich. Er ließ sich die Unterhaltung mit Bartoli noch einmal durch den Kopf gehen.

Butch plauderte indessen munter weiter. „Andererseits sind fünfzigtausend Dollar ein schönes Trostpflaster."

Bis zur Villa der Grants war es nicht allzu weit. Schon nach einer halben Stunde hatten sie ihr Ziel erreicht. Butch parkte den Wagen in einer dunklen Nebenstraße und machte sich auf längeres Warten gefasst.

Da Quinn keine Lust verspürte, noch einmal den beschwerlichen Weg über das Dach zu nehmen, suchte er nach einem geöffneten Fenster – und hatte Glück. Eines der Kellerfenster stand einen Spalt weit offen, genug, um hindurchzufassen und die Arretierung zu lösen. Obwohl er schlank und körperlich gut in Form war, fiel es ihm nicht leicht, sich durch das schmale Fenster zu zwängen. Als er es geschafft hatte, atmete er erleichtert auf und sah sich um. Er war auf einem Berg Kohlen gelandet. Vorsichtig, damit der Haufen nicht ins Rutschen kam, kletterte er hinunter, klopfte den gröbsten Schmutz von der Kleidung und ging zur Tür. Sie führte in die Diele, die er von seinem letzten Besuch her schon kannte.

Die Witwe tat ihm leid, aber er konnte ihre Gefühle nicht schonen, denn er brauchte ein paar Auskünfte, die sie dem blinden Staatsanwalt wohl nicht geben würde. Er schlich die Treppe hinauf zum Schlafzimmer der Eheleute. Millimeter für Millimeter öffnete er die Tür – von seinem ersten Besuch wusste er, dass sie ein wenig knarrte – und sah erstaunt, dass das große Bett leer war. Bevor er sich noch fragen konnte, wo Mrs Grant steckte, spürte er etwas Hartes im Rücken. Das Licht ging an.

„Pech gehabt, verdammter Gangster!", rief eine schrille Stimme, die er als Mrs Grants erkannte. „Ich werde mich nicht übertölpeln lassen wie mein armer Mann. Flossen hoch, aber dalli!"

Der Maskierte gehorchte. „Das ist nicht die Ausdrucksweise einer Dame", mahnte er.

„Als ob mich das interessierte! Nimm die Maske ab, ich will sehen, wer sich hier herumtreibt. Wahrscheinlich hast du auch meinen Mann auf dem Gewissen, du Mörder."

„Irrtum, Mrs Grant. Ich bin kein Gangster. Ganz im Gegenteil suche ich den Mörder Ihres Gatten. Haben Sie schon mal von der Schwarzen Fledermaus gehört?"

„Und wenn schon! Ich will nicht, dass Fremde in unserem Leben herumschnüffeln. Runter mit der Maske!"

„Ich denke nicht daran!"

„Dann knalle ich dich ab wie einen tollwütigen Hund. Niemand wird mir einen Vorwurf daraus machen, wenn ich auf einen Einbrecher schieße."

Der Maskierte sah im Moment nur eine Chance, er musste

die Frau am Reden halten. Fieberhaft dachte er über einen Ausweg nach.

Butch saß im Auto und behielt das Haus und seine Umgebung im Auge. Er wunderte sich, als plötzlich hinter den Fenstern Licht aufleuchtete. Die Schwarze Fledermaus bevorzugte aus einsichtigen Gründen die Dunkelheit. Vielleicht wollte sein Chef aber in diesem besonderen Fall der Witwe nicht im Dunkel gegenübertreten, um sie nicht noch mehr zu ängstigen, sinnierte der treue Freund des Maskierten. Aber dann hätte er doch sicher nur gedämpftes Licht im Schlafzimmer eingeschaltet, oder? Butch wünschte, er könnte so schnell und logisch denken wie Silk. Sollte er etwas unternehmen oder nicht? Wenn er falsch reagierte, konnte er alles verderben. Im Haus wohnte nur Mrs Grant, und mit einer schwachen Frau würde der Boss allemal fertig. So überlegte er hin und her.

Die Schwarze Fledermaus steckte in der Klemme. Dass die ach so bemitleidenswerte Witwe tatsächlich schießen würde, erkannte der Menschenkenner Quinn sehr schnell. Die klobige Mauserpistole in ihrer Hand zitterte nicht. Er schüttelte tadelnd den Kopf. „Woher haben Sie nur diese schwere Pistole?"

„Das geht dich gar nichts an, und jetzt nimm endlich die blöde Maske ab. Ich will wissen, mit wem ich es zu tun habe."

„Das habe ich Ihnen bereits gesagt, man nennt mich die Schwarze Fledermaus. Ich wollte nur helfen, den Mörder Ihres Mannes zu fassen. Doch mir scheint, Sie sind gar nicht daran interessiert, dass der schnellstens verhaftet und verurteilt wird. Ist es Ihnen denn völlig egal, wer Ihren armen Gatten umgebracht hat? Sie haben ihn doch geliebt, oder?"

„Was hat dich das zu interessieren? Ich zähle jetzt bis drei. Eins ..."

Der Maskierte blickte beschwörend über die Schulter der Frau. Mit dem Kopf wies er kaum merklich auf die rechte Ecke des Raumes. Mrs Grant fiel auf den Trick herein und drehte sich halb um. Mit einem Satz war die Schwarze Fledermaus bei ihr und schlug ihr die Pistole aus der Hand. Eine harte Faust hielt ihr Handgelenk gepackt. Sie wand sich wie eine Katze, bäumte sich auf und versuchte, sich aus dem Griff zu befreien. Vergeblich. Allmählich beruhigte sie sich.

„Was haben Sie mit mir vor?", fragte sie voller Angst.

„Nichts!", antwortete die Schwarze Fledermaus lakonisch. „Noch gibt es keinen Beweis, dass Sie mit den schmutzigen Geschäften Ihres Mannes zu tun hatten. Und den Mordversuch an mir vergesse ich, wenn Sie mir ein paar ehrliche Antworten geben."

„Was für schmutzige Geschäfte? Mein Mann war ein ehrlicher Bürger. Er hat niemals ..." Zwei stahlgraue Augen starrten ihr kalt ins Gesicht.

„Ja gut, ich gebe es zu: Ganz zu Anfang, als er noch dabei war, sein Immobiliengeschäft aufzubauen, da hat er manchmal hart am Rande der Legalität gearbeitet, aber das ist lange vorbei und auch schon verjährt."

„Sie meinen die Sache mit den gefälschten Bildern?"

In ihren Augen stand nacktes Entsetzen. „Sie wissen davon? Ja, es stimmt. Er hat mal mit gefälschten Bildern gehandelt. Aber wie gesagt, das ist lange her und tut heute nichts mehr zur Sache. Oder wollen Sie unbedingt den Namen eines Toten verunglimpfen?"

„Ich will die Wahrheit. Das Wasser stand ihm bis zum Hals. Er hatte Spielschulden, und niemand gab ihm mehr

Kredit. Ein denkbar schlechter Start für eine politische Karriere. Hat er wieder die Tour mit den gefälschten Bildern versucht? Ich weiß, dass Sie einen falschen Monet besitzen."

„Nein! Ganz bestimmt nicht. Er konnte sich keine unsauberen Sachen mehr leisten. Schließlich wollte er Vorbild sein und hat hart gearbeitet, um alle offenen Rechnungen bezahlen zu können. Außerdem waren es gar nicht so viele wie Sie anscheinend glauben." Sie blickte ihn beschwörend an. „Hören Sie, es tut mir leid, wenn ich vorhin etwas überreagiert habe. Ich will nicht, dass der Name meines geliebten Mannes im Nachhinein beschmutzt wird."

Das war der Schwarzen Fledermaus auch noch nicht passiert, dass jemand einen Mordversuch als Überreaktion bezeichnete.

„Das liegt allein an Ihnen. Wenn Sie und Ihr Mann nichts Böses getan haben, kann Ihr Name auch nicht beschmutzt werden. Kennen Sie Ennio di Maggiare?"

„Nie gehört. Wer soll das sein?"

„Ein Bekannter Ihres Mannes. Wie steht's mit Luigi Bartoli?"

„Klingt italienisch. Nein, auch den Namen habe ich nie gehört."

Obgleich der Maskierte deutlich sah, dass sie log, verzichtete er auf ein weiteres Verhör. Heute würde er nichts mehr erfahren. Mit einem Satz war er an der Tür, löschte das Licht, und bevor Mrs Grants Augen sich an die Dunkelheit gewöhnt hatten, war er fort.

Im Auto seufzte Butch erleichtert auf, als er den Maskierten kommen sah. „Alles in Ordnung, Chef?", fragte er. „Ich sah, wie das Licht anging und wusste nicht, ob ich eingreifen sollte. Was ist passiert?"

„Mrs Grant hat versucht mich zu erschießen."

Starr vor Entsetzen sah Butch seinen verehrten Chef an. Während er sinnlose Überlegungen angestellt hatte, wäre die Schwarze Fledermaus beinahe getötet worden. Er war den Tränen nahe, als er sagte: „Ich ... ich dachte, mit einer Frau würden Sie allein fertig. Und dass ich nur stören würde."

„Das ist schon in Ordnung, Butch. Ich bin mit ihr fertig geworden. Es war völlig richtig, dass du erst einmal abgewartet hast", beruhigte Quinn seinen niedergeschlagenen Mitarbeiter.

„Aber wenn sie nun abgedrückt hätte ... nicht auszudenken." Butchs Stimme zitterte immer noch.

„Fahr nach Hause. Dort werden wir uns mit einem Whisky von dem Schreck erholen", meinte Quinn, und Butch grinste erleichtert bei diesem Vorschlag.

Carol und Silk erwarteten sie im Labor. Silk hatte wieder einmal Kaffee gekocht. Solange die Schwarze Fledermaus unterwegs war, vermochte niemand ruhig zu schlafen.

„Der Mordversuch an dir zeigt deutlich, dass die Grant keine saubere Weste hat", konstatierte Carol, als Tony seinen Bericht beendet hatte.

„Haben Sie wenigstens erfahren, was Sie wissen wollten?", fragte Silk.

„Ja und nein. Ich finde, der Mordversuch spricht für sich. Etwas hat die Frau auf jeden Fall zu verbergen, und was das ist, gedenke ich in den nächsten Tagen herauszufinden – mit eurer Hilfe", fügte Quinn hinzu. „Außerdem wird es Zeit, dass der Staatsanwalt aktiv wird. Ich kann die Arbeit doch nicht McGrath allein überlassen."

Seine Freunde stimmten aus tiefstem Herzen zu.

Am nächsten Morgen verwirklichte Quinn seinen Plan. Er ließ sich die betreffenden Akten kommen und von Silk vorlesen. McGrath knurrte zwar, war aber auch erleichtert, da er und seine Leute keinen Schritt weiterkamen. Anschließend fuhr Quinn mit Silk zu Maggiare. Der schien zwar nicht überrascht von dem Besuch, aber auch nicht sehr erfreut. „Die Polizei war schon hier. Was wollen Sie denn jetzt noch? Ich habe dem Inspektor bereits alles gesagt."

Quinn stellte zunächst die gleichen Fragen wie die Schwarze Fledermaus und erhielt ähnliche, allerdings nicht ganz so offene Antworten. „Auch wenn Sie mir nicht glauben, die Schließung eines Nachtclubs ist wirklich kein Mordmotiv."

„Hatten Sie keine Angst, dass er Ihnen auch die anderen Clubs dicht macht?"

„Ganz und gar nicht. Dort geschieht nichts Illegales, keine Nutten, keine Glücksspiele. Es war einfach Pech, dass dieser eine Geschäftsführer ein bisschen außerhalb der Gesetze in die eigene Tasche gewirtschaftet hat. Niemand kann einen Club ohne Grund schließen. Ich habe mich diesbezüglich mit meinem Anwalt beraten."

Bei dieser dreisten Lüge biss Quinn sich auf die Lippen. Schließlich hatte er die Fotos von den Abrechnungen der Glücksspieler und Prostituierten in seinem Labor liegen. Und die Erklärung, die Maggiare der Schwarzen Fledermaus geliefert hatte, war sehr viel einsichtiger als dieses oberflächliche Geschwafel. Was Maggiare wohl sagen würde, wenn er wüsste, dass der Staatsanwalt schon einmal in der Nacht mit ihm gesprochen hatte?

Quinn beschloss, andere Geschütze aufzufahren. „Wie ich hörte, ist Ihr Neffe spurlos verschwunden?"

Maggiare zuckte zusammen als hätte er eine Ohrfeige erhalten.

„Was?“, stammelte er. „Was sagen Sie da? Mein Neffe? Verschwunden?“

„Stimmt das nicht?“ Quinn lächelte freundlich in unbestimmte Richtung. Die blinden Augen schienen weit an Maggiare vorüberzusehen. Seine Hände spielten mit dem weißen Stock, den er zwischen den Knien hielt. Silk stand wie üblich schräg hinter seinem Sessel und blickte scheinbar uninteressiert aus dem Fenster. Da Maggiare sich folglich unbeobachtet glaubte, gab er sich keine große Mühe, sein Erschrecken zu verbergen. Er atmete tief ein und rang sichtlich um Fassung. Erst nach einer Weile antwortete er: „Wie kommen Sie darauf, Mr Quinn? Ich habe keinen Neffen.“

„So? Dann war das wohl eine falsche Information. Sie wissen, einem Staatsanwalt werden manchmal die wildesten Gerüchte präsentiert. Aber ich freue mich natürlich, wenn es Alfredo gut geht.“

„Alfredo? Sie kennen seinen Namen?“ Maggiare blickte sich um als suche er nach einer Fluchtmöglichkeit.

Quinn schwieg bedeutungsvoll. Eigentlich hatte er nur ein wenig auf den Busch klopfen wollen, doch Maggiares Reaktionen zufolge, schien das Verschwinden dieses seltsamen Neffen weitaus mehr zu bedeuten als er ursprünglich angenommen hatte. Er brauchte mehr Informationen.

„Nun“, sagte er deshalb leise und verständnisvoll. „Falls Ihr Neffe ohne Aufenthaltserlaubnis gekommen ist, so können Sie dafür kaum belangt werden.“ Aus den Augenwinkeln heraus registrierte er das erleichterte Aufatmen seines Gegenübers. Er befand sich also auf der richtigen Spur. „Es sei denn, Sie haben ihn ins Land geschmuggelt.“

„Nein, natürlich nicht. Er stand eines Tages vor der Tür. Und ... na ja ... ehrlich gesagt, ich habe nicht gefragt. Er ist der Sohn meiner Schwester, da musste ich ihm einfach helfen. Das verstehen Sie doch?"

Quinn nickte. „Haben Sie vielleicht ein Foto von ihm?"

„Ein Foto? Wozu? Was wollen Sie damit?"

„Wir könnten es mit den unbekannten Toten vergleichen, die im Leichenschauhaus liegen. Das heißt, mein Diener wird das übernehmen, da ich es leider nicht selbst tun kann."

Maggiare musterte Silk, der versuchte, möglichst dumm drein zu blicken, was ihm nur schwer gelang. Trotzdem schien Maggiare zufrieden zu sein, denn er stand auf und ging zu seinem Schreibtisch hinüber. „Sie meinen, er ist tot? Hm ja, das wäre natürlich eine Erklärung für sein Verschwinden. Also gut, ich schau mal nach. Vielleicht finde ich eines. Wie wäre es mit dem hier? Es ist allerdings ein älteres, für neue Fotos hatten wir keine Zeit. Alfredo war ja erst seit einer Woche hier."

Er hielt ein Foto hoch. Quinn durfte seinen Kopf nicht drehen, also fragte er nur: „Silk?"

Der warf einen kurzen Blick auf das Bild. „Das wird reichen. Danach werde ich ihn erkennen."

Maggiare gab Silk das Foto und schien froh, dass sich jemand der Sache annahm, ohne ihn wegen Menschenschmuggels zu belangen.

„Was hat Ihr Neffe denn gemacht? Hat er für Sie gearbeitet?"

Wieder eine Frage, die Maggiare nicht zu gefallen schien. Er zögerte bis die Stille peinlich wurde. „Er hat ... äh ... in meinen Nachtclubs ausgeholfen, den Geschäftsführern auf die Finger gesehen. Seit Grant Unregelmäßigkeiten entdeckt hatte, brauchte ich eine Vertrauensperson, die sich kümmert."

Immer wieder wanderte sein Blick zu der geschmacklosen Lampe hinüber. Silk schien es nicht zu bemerken und Quinn durfte es nicht. Aber er beschloss, gleich heute Abend die Fotos noch genauer anzuschauen, die er in der Nacht von den Dokumenten gemacht hatte. Vielleicht fand sich da ein Hinweis, warum Maggiare so nervös war.

Er stand auf. Silk war sofort an seiner Seite und ergriff hilfreich Quinns Arm. Sie verabschiedeten sich. Kaum im Auto bat Quinn Silk um das Foto. Er setzte die schwarze Brille auf, sodass er den Blick nach unten richten konnte, ohne dass ein zufälliger Passant erkannte, dass er sich etwas ansah. Das Bild hielt er auf den Knien und betrachtete es lange, wobei seine Stirn sich nachdenklich krauste. Schließlich nickte er, tastete nach dem Handschuhfach und legte es dort hinein.

„Ins Büro oder nach Hause, Sir?"

„Leider erst einmal ins Büro. Es würde unnötiges Interesse erregen, wenn ich schon so früh Schluss machte."

Doch im Büro vermochte Quinn sich kaum auf die alltägliche Arbeit zu konzentrieren. Er konnte es kaum abwarten, sich die fotografierten Dokumente aus dem Geheimversteck gründlich anzusehen. Bisher war er nicht dazu gekommen, da ihn einerseits der Fall Grant in Anspruch nahm und er andererseits der Meinung gewesen war, Maggiares illegale Aktivitäten später immer noch verfolgen zu können.

Zunächst rief er bei der Vermisstenabteilung an und erfuhr, dass Maggiare seinen Neffen Alfredo dort nicht gemeldet hatte. Quinn hatte es auch nicht erwartet. Dann fuhr Silk ins Leichenschauhaus, um die unbekannten Toten mit dem Foto zu vergleichen.

Quinn diktierte gerade einen Schriftsatz auf Tonband, als McGrath in sein Büro stürmte. Während die Sekretärin aus dem Vorzimmer noch rief: „Aber Inspektor, ich muss sie doch anmelden!“, stand er bereits vor Quinns Schreibtisch.

„Nicht nötig, Mr Quinn und ich sind alte Freunde. Stimmt doch, oder?“, schloss er herausfordernd.

„McGrath? Sind Sie das?“ Quinn legte das Mikrofon auf den Schreibtisch und wandte den Kopf in Richtung Tür.

„Ich denke, Sie kennen meine Stimme und Schritte inzwischen. Nanu, sind Sie etwa ganz alleine im Büro? Wo steckt denn Ihr Diener?“ Dabei sah er sich um, als könnte Silk sich unter dem Schreibtisch oder hinterm Schrank aufhalten.

„Unterwegs. Was führt Sie zu mir? Sie scheinen etwas erregt.“

„Mrs Grant hat sich beschwert. Sie hat den Tod ihres Mannes noch längst nicht überwunden und dann das! Wirklich, Mr Quinn, wie konnten Sie das nur der armen Frau antun?“ Lauernd starrte der Polizist den Staatsanwalt an.

Der legte den Kopf leicht schräg, wie Blinde es tun, wenn sie sich auf ein Geräusch konzentrieren. „Der armen Frau antun ...“, wiederholte er verständnislos die Worte des Inspektors. „Wovon um Himmels Willen sprechen Sie? Mrs Grant kam vorgestern in mein Büro. Wir haben uns kurz unterhalten, und ich hatte nicht das Gefühl, ihr etwas angetan zu haben.“

„Davon rede ich auch gar nicht. Ich meine Ihren Besuch

letzte Nacht. Sie haben der armen Frau einen furchtbaren Schrecken eingejagt."

„Letzte Nacht habe ich geschlafen. Entweder sind Sie überarbeitet oder haben geträumt oder beides, Inspektor. Was soll der Unsinn?" Quinn legte eine leichte Schärfe in seine Worte.

„Er ist mal wieder hinter der Schwarzen Fledermaus her." Kommissar Warner war von McGrath unbemerkt eingetreten. Er schloss die Tür, sodass die Sekretärinnen im Vorzimmer nicht mehr mithören konnten. „Verschwinden Sie, Inspektor, und lassen Sie Mr Quinn zufrieden. Sollten Sie irgendwann einmal einen eindeutigen Beweis haben, kommen Sie zu mir, und ich beantrage einen Haftbefehl. Aber mit Ihren unhaltbaren Anschuldigungen machen Sie sich lächerlich und den Rest der Polizeitruppe gleich mit. – Ich bitte Sie herzlich um Entschuldigung, Tony", wandte Warner sich an den Staatsanwalt. „Sollte der Inspektor wieder einmal lästig werden, sagen Sie es, und ich sorge für Abhilfe."

„Aber nein." Quinn lächelte. „Seine Beschuldigungen bringen ein wenig Abwechselung in das langweilige Leben eines blinden Mannes. Aber jetzt berichten Sie mir bitte von Mrs Grant. Was hat sie erzählt?"

McGrath stand noch immer vor Quinns Schreibtisch. Er knetete seinen Hut zwischen den Händen als wollte er ihn zum Abtrocknen benutzen. Dann merkte er, was er tat, strich ihn glatt und setzte ihn leicht schief auf den Kopf. „Ich geh dann mal", sagte er zu Warner.

„Kümmern Sie sich um den Verbleib der gestohlenen Uhren und des Gemäldes." Warner klang noch immer erzürnt. Als der Inspektor die Tür hinter sich geschlossen hatte, setzte Warner sich und schlug gemütlich ein Bein über das andere. „Also, Tony, was halten Sie von Mrs Grant?"

„Wollen Sie mich auch auf die Probe stellen? Ich habe die Dame zweimal kurz getroffen, das erste Mal in ihrem Haus in der Mordnacht, das zweite Mal in meinem Büro. Sie machte stets den Eindruck einer trauernden Witwe. – Stimmt etwas nicht mit ihr?"

Warner hob die Schultern. Eine instinktive Bewegung, er wusste ja, dass Quinn sie nicht sehen konnte. „Ich weiß nicht. Ihre Versicherung rief an, sie drängt auf Auszahlung des Geldes."

„Sie muss die Beerdigung bezahlen, und sie braucht Geld zum Leben." Quinn durfte nicht verraten, was er als Schwarze Fledermaus erfahren hatte. „Aber erzählen Sie mir doch, warum McGrath so aufgeregt war. Anscheinend hat die Schwarze Fledermaus Mrs Grant besucht."

„Richtig, sie war eben hier und hat sich massiv über den Gangsterjäger beklagt. Sie verlangt, dass wir ihn umgehend verhaften, da er widerrechtlich bei ihr eingedrungen ist."

„Das mag ja stimmen, aber eigentlich sollte sie doch froh sein, wenn die Schwarze Fledermaus den Mörder ihres Mannes sucht. Bisher hatte der Maskierte oft Erfolg, wenn die Polizei ... äh ... etwas länger brauchte."

„Sagen Sie es ruhig, Tony, wenn die Polizei versagte." Warner seufzte. „Können Sie sich vorstellen, dass wir noch keinen einzigen Hinweis auf Grants Mörder haben? Ehrlich gesagt, ich hätte nichts dagegen, wenn die Fledermaus sich der Sache annehmen würde. Aber das darf ich Mrs Grant natürlich nicht sagen." Wieder seufzte er.

„Und was ist mit dem Hehler ... Melchior hieß er, glaube ich ... konnte er nicht helfen?"

„Wir lassen seinen Laden überwachen. Bisher Fehlanzeige." Warner stand auf. „Auf mich wartet Schriftkram. Jedenfalls wünsche ich Ihnen viel Erfolg."

Silk kam gerade herein und hörte die letzten Worte des Kommissars.

„Sollte das wieder einmal eine Andeutung gewesen sein?"

„Richtig", unterbrach Quinn seinen Sekretär. „Aber darüber wollen wir nicht hier und jetzt reden. Hast du was gefunden?"

„Keine Leiche, die dem Foto entspricht."

„Na schön, komm hilf mir, damit wir fertig werden. Ich möchte so schnell wie möglich heim."

Gemeinsam arbeiteten sie den Aktenstapel auf dem Schreibtisch ab.

Als Quinn endlich in seinem geheimen Labor war, schaute er sich die Dokumente aus Maggiares Versteck genau an. Es musste einen Grund geben, weshalb der Kerl so nervös war. Plötzlich lachte er laut auf. Silk, der gerade ein Tablett mit Abendessen hereintrug, blieb erstaunt stehen.

„So vergnügt, Sir? Was ist los?"

„Hier, sieh selbst." Quinn reichte Silk die Abzüge. Der studierte alles eine Weile, ohne jedoch einen Grund für den Lachanfall seines Chefs zu finden.

„Eine Liste der illegalen Glücksspieler", sagte er ratlos.

„Schau mal genau hin."

Silk kniff die Augen zusammen, um das Kleingedruckte lesen zu können. „Sieh mal an, Grant gehörte auch dazu und schuldete Maggiare Geld. Interessant, aber nicht unbedingt witzig."

Quinn kicherte immer noch. „Sieh dir die anderen Unterlagen an. Hier." Er reichte Silk einen weiteren Abzug.

Der starrte und begann schließlich auch zu kichern. „Wunderbar! Da ist der Neffe, dem Maggiare so vertraute, weil er ja zur Familie gehört, mit den Einnahmen eines ganzen Abends durchgebrannt. Kein Wunder, dass unser Freund nervös ist und die Polizei auf keinen Fall mit im Spiel haben will. Aber warum hat er seine Gorillas nicht mit der Suche nach Alfredo beauftragt? Oder hat er das?"

Quinn schüttelte den Kopf. „Nein, das hätte so viel Aufruhr in der Unterwelt verursacht, dass wir davon erfahren hätten. Ich vermute, er hält still, weil die Polizei sowieso gereizt ist wegen Grants Tod. Er vermeidet im Moment alles, was die Aufmerksamkeit auf ihn lenken könnte und spielt allen den ehrbaren Besitzer einiger Nachtclubs vor. Hm, ich glaube, wir sollten die Dokumente McGrath übergeben. Er ist ein ehrlicher und mutiger Polizist und wird entsprechend handeln. Dann geschieht genau das, was Maggiare unter allen Umständen verhindern will. Der Schlamm wird tüchtig aufgerührt und hoffentlich Interessantes ans Licht bringen."

„Eine nette Idee. Wollen Sie die Abzüge per Post schicken? Mit vielen Grüßen von der Schwarzen Fledermaus?"

In dem Moment hörten sie Schritte in dem geheimen Gang. Carol und Butch tauchten auf. Carol stürmte auf Tony zu, umarmte ihn und begrüßte ihn mit einem zärtlichen Kuss. Butch und Silk schauten auf die vielen Fotografien, die noch auf dem Tisch lagen. Als die Verliebten sich voneinander lösten, antwortete Tony: „Das kann Butch übernehmen. Er hat immer so hübsche Einfälle."

„Was soll ich tun?", fragte Butch sofort und hielt seine riesigen Fäuste hoch.

„McGrath ein Päckchen überbringen."

Quinn sammelte die Fotos ein, verpackte sie und klebte das Abzeichen der Schwarzen Fledermaus darauf. „Du kannst gleich losbrausen."

„Sofort, Chef."

Als Butch fort war, schenkte Carol allen Kaffee ein und setzte sich neben Quinn auf das Sofa. „Sag mal, Tony", fragte sie. „Konzentrierst du dich nicht zu sehr auf Maggiare? Grant hatte Schulden, hohe Schulden. Was ist, wenn einer der Gläubiger ihn umgebracht hat, um ein Exempel zu statuieren? Sollten wir uns nicht lieber mal diese Typen vornehmen?"

Tony nickte. „Du hast völlig Recht. Genau das wollte ich vorschlagen, bevor ich mir die Unterlagen aus dem Versteck ansah. Wer, meinst du, ist einer der Gläubiger?"

„Nein!" Carol starrte ihn an. „Doch nicht etwa Maggiare?"

„Oh doch, und das erklärt auch, warum er Grant zu Bartoli geschickt hat. Er wollte sein Geld haben, aber kein Risiko eingehen. Maggiare selbst versteht zu wenig von Kunst, um ein Bild anzunehmen. Aber Bartoli kannte sich aus."

„Aber der wollte nicht. Also stand Grant ohne Geld da. Maggiare verlor die Geduld und ... peng!"

„Hm, möglich. Aber wir werden es beweisen müssen."

„Hast du schon eine Idee?"

„Noch nicht wirklich. Mir erscheint die Lösung zu einfach, zu eindeutig. Ich habe das Gefühl, da steckt mehr dahinter, insbesondere, wenn ich das Verhalten der Witwe in Betracht ziehe."

Carol und Silk nickten. Bisher hatte Tonys Intuition immer ins Schwarze getroffen. „Was hast du vor?“, fragte Carol.

„Um Maggiare wird McGrath sich kümmern. Ich werde mir mal den ehemaligen Leibwächter vorknöpfen. Vielleicht weiß er noch ein wenig mehr als er Butch erzählt hat.“

„Darf ich Sie wenigstens dieses Mal begleiten?“, bat Silk. „McGrath wird heute Abend Besseres zu tun haben, als hier aufzutauchen.“

In dem Moment klingelte das Telefon. Silk meldete sich. „Wenn man vom Teufel spricht ...“, murmelte er und reichte Quinn den Hörer.

„Hallo Inspektor“, hörten die Freunde ihn sagen. „Natürlich bin ich zu Hause, wo sollte ich sonst sein? Was ich mache? Silk liest mir vor. Möchten Sie auch noch wissen, was?“ Er legte den Hörer auf die Gabel zurück. „Unser guter Freund McGrath, misstrauisch und neugierig wie immer. Ich vermute, Butch hat gerade das Päckchen abgeliefert. Warten wir noch einen Moment, bis er wieder da ist.“

Silk kochte noch einmal Kaffee, und Carol und Tony genossen den Augenblick des Alleinseins. Für Carols Geschmack gab es viel zu wenige solcher Momente. Als Butch auftauchte, grinste er über das ganze Gesicht. „Ich habe McGrath das Päckchen in ein verlassenes Vogelnest in der Hecke vor seinem Haus gelegt.“

„Und?“

„Dann habe ich ihn angerufen, und als er fragte, wer ich sei, sagte ich, der Osterhase ... wegen dem Nest. Aber er schien mir nicht zu glauben.“

„Butch und Carol, ihr werdet bitte ein Auge auf Mrs Grant haben.“

„Sie wird keinen Schritt mehr unbeobachtet tun“, versprach Butch und Carol rief: „Ich hoffe, wir können ihr kriminelle Machenschaften nachweisen, denn allein für den Mordversuch an der Schwarzen Fledermaus gehört sie ins Gefängnis!“ Beide verschwanden in dem unterirdischen Gang.

Silk und Quinn blieb noch etwas Zeit, bevor es dunkel genug war, dass die Schwarze Fledermaus ausfliegen konnte.

Als es endlich soweit war, brachte Silk die Schwarze Fledermaus schnell ans Ziel, wobei er die hell erleuchteten und viel befahrenen Boulevards mied und stille Seitenstraßen bevorzugte.

„Keine schöne Gegend.“, meinte er, als er das Coupé dicht an einer Hofmauer stoppte. „Der Inhaber scheint ein unverbesserlicher Optimist zu sein.“

Das Hotel, in dem Giovanni untergekommen war, nannte sich „Zur blauen Lagune“ und befand sich nicht weit entfernt vom Hafen. Es stank nach Teer und Abgasen, verfaultem Fisch und Moder. Über der Eingangstür hing an einem Draht eine einfache, blau leuchtende Glühlampe. Die Fenster starrten vor Schmutz, und der blinkende Schein einer Bar tauchte die Fassade in regelmäßigen Abständen in rotes Licht.

„Finde Giovannis Zimmernummer heraus“, bat Quinn seinen Freund. Silk nickte und verschwand. Schon nach wenigen Minuten kam er zurück. „Ich musste den Portier erst wecken“, berichtete er. „Unser Freund hat Zimmer 19 und ist anwesend.“

„Wird er von deinem Besuch erfahren?“

Silk schüttelte den Kopf. „Ich habe dem Alten hinterm Tresen ordentlich eingeheizt. Dem ist jede Lust vergangen, mit Giovanni zu plaudern. Vermutlich schläft er schon wieder."

Darauf wollte Quinn sich nicht verlassen und entschied, über die Rückseite einzudringen. Im Hinterhof sammelten sich die Abfälle, und er dankte es nur seiner Nachtsichtigkeit, dass er nicht über Müllsäcke, Fässer, Flaschen und Abfalltüten stolperte. Nach einem angewiderten Blick auf die verrostete Feuerleiter suchte er nach einem offenen Fenster. Schnell wurde er fündig. Aus dem Zimmer drang intensiver Alkoholdunst. Geräuschlos stieß der Maskierte die beiden Fensterflügel auf, lauschte und sprang hinein. Der Schläfer rührte sich nicht. Die Tür zum Gang war verschlossen, doch der Schlüssel lag auf dem Nachttisch. Auch als die Tür beim Öffnen vernehmlich quietschte, gab der Mann keinen Laut von sich.

Die Schwarze Fledermaus stand im Flur auf einem schmutzigen, abgewetzten Teppich, den selbst ausgehungerte Motten verschmäht hätten. Die Farbe blätterte von den Wänden, ein Großteil der Lampen funktionierten nicht mehr, sodass nur der Schein von draußen notdürftig für etwas Licht sorgte. Die Möblierung war so spärlich, dass es kaum eine Möglichkeit gab, sich zu verbergen, falls jemand kommen sollte. Kaum war dieser Gedanke aufgetaucht, hörte die Schwarze Fledermaus eine Tür. Wohin? Vergeblich versuchte der Maskierte in ein Zimmer zu gelangen. Offensichtlich gehörten die Gäste zu den ängstlichen Typen, denn auch hier war abgeschlossen. Hastig riss er den Umhang ab, presste sich an eine Tür und markierte Probleme mit dem Schlüssel. Der Betrunkene, der jetzt den neuesten Schlager pfeifend auftauchte, bemerkte an dem in Schwarz gekleideten Gast nichts Ungewöhnliches. „Kann nich schlafen, muss nomal raus. Die Mädchen sin klasse hier!", nuschelte er.

Glück gehabt, dachte die Schwarze Fledermaus und orientierte sich neu. Der Flur führte nach vorn zum Empfang, und da musste auch eine Treppe sein. Dem altersschwachen Lift mochte er sich nicht anvertrauen. Da Zimmer 19 im ersten Stock lag, erschien ihm das Risiko nicht allzu groß. Schnell huschte er die Stufen hinauf, wobei er sich so nah wie möglich an die Wand drückte, aber ein leises Knarren nicht vermeiden konnte. Entweder war der Portier wieder eingeschlafen oder schwerhörig. Der Schwarzen Fledermaus kam beides wie gerufen. Zimmer 19 war wie erwartet verschlossen. Der Maskierte zog ein Bündel Dietriche aus der Tasche. Immer wieder legte er eine kurze Pause ein, um sich zu vergewissern, dass er nicht beobachtet wurde. Endlich hatte er es geschafft. Die Tür öffnete sich ohne ein verräterisches Geräusch von sich zu geben. Unhörbar glitt der Mann mit der Maske in das Zimmer und zog die Tür hinter sich zu. Sofort merkte er, dass es nach Zigarettenrauch roch – und zwar nach frischem Rauch. Gleichzeitig erkannte er, dass das Bett unter dem Fenster leer war. Mit einem Satz sprang er hinter einen Sessel in Deckung. Keine Sekunde zu früh. Er lag noch nicht am Boden, als auch schon das Geratter einer Maschinenpistole losging. Die erste Garbe jagte nur wenige Zentimeter an seinem Körper vorbei. Ein höhnisches Gelächter folgte. Stille. Die Schwarze Fledermaus zog eine Automatik aus dem Schulterhalfter und entsicherte hastig. Das Klicken des Sicherungshebels bewirkte eine weitere Ladung aus der Maschinenpistole. Wieder spürte der Maskierte einen unangenehmen Luftzug am Körper, als die Kugeln vorbeipfiffen. Der Sessel war für eine sichere Deckung viel zu klein und zu wenig kompakt. Vorsichtig schob er seinen Kopf um eine Ecke, um den Schützen ausfindig zu machen. Da bemerkte er eine zweite Tür. Sollte der Kerl zwei Zimmer gemietet haben und sich im angrenzenden Raum aufhalten? Eine dritte Garbe beantwortete die Frage. Er durfte sich auf keine Schießerei einlassen, denn es blieb nicht viel Zeit. Die Polizei musste bald auftauchen. Die Schüsse waren schließlich in der ganzen Umgebung zu hören. Quinn stöhnte wie tödlich verwundet und ließ sich schwer zu Boden fallen. Hastige Schritte näherten sich. Offensichtlich war der Bewohner des Zimmers neugierig und wollte wissen, wer sich Einlass verschafft hatte. Der Strahl einer Taschenlampe traf den am Boden Liegenden.

„Verdammt! Die Schwarze Fledermaus!“ Eine Waffe fiel polternd zu Boden. Mit einem Ruck sprang der „Tote“ auf und griff sich den Schützen, der vor lauter Überraschung gar nicht an Gegenwehr dachte. Ein Hieb an die Schläfe und Giovanni sank in sich zusammen. Es war aber auch höchste Zeit! Auf dem Flur wurden Stimmen laut. Quinn verschloss die Tür, und rannte zum Fenster. Nun würde er doch die marode Feuerleiter benutzen müssen. Er riss das Fenster auf, warf Giovanni auf die Brüstung und kletterte aus dem zweiten Fenster auf die Feuerleiter. Giovanni mitzunehmen würde ein schwieriges Stück Arbeit werden. Da hörte er einen leisen, ihm wohlbekannten Pfiff und sah, dass Silk unten stand und zu ihm hochblickte. Jetzt ging es einfacher und schneller. Mit einer Hand hielt er sich an der Leiter fest, während er über einen schmalen Sims zum anderen Fenster balancierte. Er hievte den Bewusstlosen über seine Schulter und brachte sich in die fragwürdige Sicherheit der Feuerleiter zurück. Mit einem Arm umschlang er eine Stufe, während er mit dem anderen Giovanni hielt. Die Feuerleiter ächzte und knarrte. Er wartete, bis Silk genau unter ihm stand, dann ließ er den Bewusstlosen über die Schulter rutschen. Er hielt dessen Hand fest und ließ diese erst los, als Giovanni direkt über Silk hing. Der Mann stürzte auf Silk, der sich vergeblich bemühte, den schweren Körper zu halten. Beide gingen zu Boden. Die Schwarze Fledermaus stieß sich ab und landete elastisch wie eine Katze. Als Silk sich gerade hochrappelte, stand der Maskierte bereits neben ihm und schnappte sich den Bewusstlosen, dann rannten beide zum Auto.

„Noch ein Geschenk für McGrath?", fragte Silk und deutete auf den Rücksitz.

„Auch, aber erst möchte ich ein paar Fragen beantwortet haben. Fahr uns zu einer ruhigen Ecke."

Silk parkte in einem Hinterhof, der zu dieser Zeit nicht benutzt wurde. Er zog Giovanni aus dem Auto, während der protestierende Geräusche von sich gab. Er war also bereits wieder bei Bewusstsein. Schnell und geschickt band Silk ihm die Hände.

„Was … was wollen Sie von mir?", stotterte der ehemalige Leibwächter. „Ich habe nichts getan!"

Und diese Memme war Leibwächter gewesen, dachte Silk verächtlich. Kein Wunder, dass Maggiare ihn rausgeschmissen hatte. Er hielt sich hinter dem Kerl, sodass der nur die Schwarze Fledermaus sah, die drohend vor ihm aufragte.

„Als Maggiares Leibwächter warst du doch immer bei ihm und bekamst doch genau mit, wen er traf, oder?"

„Klar, damals hat er mir vertraut", prahlte Giovanni, um hasserfüllt hinzuzufügen: „Bis Sie auftauchten. Da hat er mich gefeuert."

„Wann kam Maggiares angeblicher Neffe hier an?“

„Vor ein paar Wochen oder so. Genau habe ich mir das nicht gemerkt.“

Quinn ließ die freche Antwort durchgehen. Doch seine Stimme wurde um einige Grad kälter, als er jetzt fragte: „Und wann hast du Alfredo zum letzten Mal gesehen?“

Jetzt wagte Giovanni keine Ausflüchte mehr. „Vor vier Tagen, als er seine übliche Runde drehen sollte.“

„Allein?“

„Maggiare hat ihm vertraut. Schließlich war er sein Neffe. Und an dem Abend sollte es nur die kleine Runde werden, mehr als fünfhundert Dollar waren da nicht drin.“

Das war genau der Abend, an dem Grant gestorben war, überlegte Silk und auch, dass es sich kaum lohnte, mit der verhältnismäßig geringen Summe durchzubrennen. Wäre der Mord an einem so prominenten Bürger wie Grant nicht dazwischen gekommen, würde jetzt die gesamte Unterwelt Jagd auf Alfredo machen.

„Wie oft hast du John Grant bei deinem Chef gesehen?“

Als Giovanni erkannte, dass es nicht um ihn, sondern um seinen ehemaligen Chef ging, wurde er gesprächiger.

„Grant? Der Typ, den sie neulich gekillt haben? Ich habe sein Bild in der Zeitung gesehen. Also, ich glaube, der war nur einmal da. Jedenfalls in der letzten Zeit. Aber da haben sie lange miteinander geredet. Muss wohl wichtig gewesen sein.“

„Hast du was gehört?“

„Erst haben sie sich gegenseitig angebrüllt, es ging um den Club, der geschlossen wurde, Grant war dafür verantwortlich. Was dann gesprochen wurde, weiß ich nicht, ich musste zwischendurch raus und neue Drinks besorgen.

Grant hatte Schulden bei Maggiare, aber irgendwie haben sie sich geeinigt. Ich habe nur noch gehört, wie Grant versprach, wenn er erst im Stadtrat säße, würde er für Maggiares Schutz sorgen."

Das stimmte mit dem überein, was Maggiare erzählt hatte.

„War Alfredo bei der Unterredung dabei?"

„Komisch, dass Sie das fragen. Ja, er war dabei und Grant hat ihn die ganze Zeit angestarrt. Als Maggiare einmal draußen war, hat Grant den Jungen eingeladen. Er meinte, er hätte einen besonderen Job für ihn, von dem Maggiare nichts zu wissen brauchte. Und ein wenig zusätzliches Taschengeld kann schließlich jeder gebrauchen."

„Hast du deinem Chef davon erzählt?"

„Nee, wozu denn? Außerdem versprach Alfredo mir einen Anteil, wenn ich den Mund hielte."

Quinn stellte noch mehr Fragen, doch er erfuhr nur noch Belangloses. Deshalb nickte er Silk zu, der dem Gefangenen Augen und Mund verband. Die Schwarze Fledermaus klebte ihm noch eine kleine Marke, die eine Fledermaus im Flug zeigte, auf die Stirn, sodass McGrath wusste, von wem das „Geschenk" kam.

Vor der nächsten Polizeidienststelle warfen sie den Gefangenen aus dem Wagen. Bis McGrath informiert war, waren sie längst zu Hause, falls der wieder einmal auf die Idee kommen sollte, den Staatsanwalt anzurufen, um zu prüfen, ob der daheim war.

Butch und Carol überlegten, wie sie Mrs Grant am unauffälligsten würden beschatten können. Sie saßen in Carols rotem VW Käfer. In der kleinen Vorortsiedlung fielen sie jedoch auf, wenn sie sich längere Zeit vor Grants Haus aufhielten.

„Vielleicht sollte ich erst einmal mit den Nachbarn plaudern. Mir scheint, die Olsons sind ein wenig neugierig. Schau mal, die Gardine hat sich bewegt. Offensichtlich werden wir bereits beobachtet.“

Carol schüttelte den Kopf. „Du bist viel zu auffällig, sie würden dich sofort wiedererkennen, sobald sie dich irgendwo sehen.“

„Hier auf der Straße können wir aber auch nicht bleiben.“

Carol überlegte. Sie wollte Tony auf keinen Fall enttäuschen. Aber wie sollten sie Mrs Grant unauffällig im Auge behalten, ohne ihr Haus zu überwachen?

„Weißt du, warum der Chef alles über Mrs Grant erfahren will?“, fragte Butch.

Carol hob die Schultern. „Keine Ahnung, aber der Mordversuch ist meiner Meinung nach Grund genug. Kein ehrlicher Mensch legt sich mit der Schwarzen Fledermaus an, oder?“

„Sicher nicht.“ Butch grinste. „Hoppla, da kommt meine Chance.“ Und noch bevor Carol es verhindern konnte, sprang er aus dem Wagen und lief auf das Grundstück der Olsons zu. Jetzt bemerkte auch Carol Mrs Olson, die sich abmühte, einen Korb mit Holz zu füllen.

„Aber ... aber ... eine so hübsche Dame sollte sich nicht mit so schwerer Arbeit abmühen. Ist denn kein Mann im Haus, der Ihnen helfen könnte?“, fragte Butch und griff schon nach dem schweren Korb. „Kommen Sie, werfen Sie noch ein paar Scheite hinein, ich schaffe das schon.“

„Das ist aber nett von Ihnen. Mein Mann ist unterwegs, und es ist doch recht kühl geworden heute Abend. Da wollte ich den Kamin anmachen.“

„Darf ich Ihnen den Korb hineintragen?", fragte Butch artig, er wollte auf keinen Fall aufdringlich wirken.

Mrs Olson zögerte, vielleicht dachte sie an den Mord nebenan, aber Butch lächelte so charmant, dass sie es ihm gern erlaubte. Beide verschwanden im Haus.

„Wer sind Sie eigentlich?", fragte Mrs Olson, als Butch den Korb mit dem Holz neben dem Kamin abstellte. „Ich habe Sie schon vor einer ganzen Weile in Ihrem Auto sitzen sehen."

„Hm ja", Butch versuchte so verlegen wie möglich zu wirken. „Die Sache ist die", begann er umständlich. „Ich soll ihrem Nachbarn eine Alarmanlage verkaufen. Mr Grant hat vor ein paar Wochen bei unserem Chef angerufen, aber – im Vertrauen – bei uns im Büro herrscht das reinste Chaos, keiner weiß Bescheid, und deshalb haben wir den Auftrag, hier vorzusprechen, erst heute erhalten. Und als ich dann vor dem Haus stand und den Namen sah, da fiel mir ein, was ich in der Zeitung über Mr Grant gelesen habe, und ich habe mit meiner Kollegin überlegt, ob wir unter diesen Umständen überhaupt stören dürfen. Sehen Sie", fügte er in vertraulichem Ton hinzu, „wir wollen die arme Witwe doch nicht daran erinnern, was ihr Mann geplant hatte. Und wer weiß, vielleicht wäre er ja noch am Leben, wenn unsere Sekretärin ... na ja, Sie wissen schon."

Er häufte fachmännisch die Holzscheite in den Kamin, steckte kleine Zweige und Papier darunter und zündete ein Streichholz an. Das Papier fing sofort Feuer, die kleinen Zweige begannen zu brennen.

„Was meinen Sie", wandte Butch sich an Mrs Olson. „Sollte ich drüben vorsprechen oder erst einmal abwarten? Ich meine, man sieht doch, dass Sie eine Dame mit großer

Erfahrung und Lebensklugheit sind, Sie können mir doch sicher einen Tipp geben."

Mrs Olson fühlte sich von Butchs Einschätzung sichtlich geschmeichelt. Sie ging zur Bar und holte eine Flasche hervor.

„Das mit dem Feuer haben Sie wunderbar hingekriegt. Bei mir hätte es sicher länger gedauert, bis die dicken Scheite anfangen zu brennen. Dafür haben Sie einen Whisky verdient."

„Da sage ich nicht nein."

„Und was Ihre Frage betrifft ... also ich weiß nicht so recht, ob ich darüber sprechen darf ... aber ..." Sie zögerte.

Butch drängte nicht. Er trank genießerisch seinen Whisky. Durch das große Fenster hatte man einen direkten Blick auf das Nachbarhaus. Dort rührte sich nichts.

Mrs Olson hatte sich ebenfalls äußerst freigiebig mit Whisky bedient und kippte nun den Glasinhalt in einem Zug hinunter. Butch warf ihr einen anerkennenden Blick zu. Sie stand auf, goss sich noch einen ein und trat mit gekrauster Stirn ans Fenster.

„Debbie, ich meine Mrs Grant, ist ein seltsamer Mensch. Sie kennt viele Leute, hat ihren Mann immer unterstützt und das Leben in jeder Beziehung genossen. Ich will damit nicht sagen, dass sie ihren Mann betrogen hat, aber ..." Ihr Schweigen war äußerst beredt. Butch nickte verständnisvoll.

„So ab und zu kam schon Herrenbesuch, wenn John nicht anwesend war. Ich meine Herrenbesuch, der mit einer Umarmung und einem Kuss begrüßt wurde – was natürlich nichts heißen muss."

„Natürlich nicht."

„Ja, und seit John tot ist, auch vorher schon, besucht sie diesen ... diesen komischen Inder. Angeblich soll er heilende

Kräfte besitzen. Aber Debbie ist doch gar nicht krank. Nicht richtig jedenfalls, ich meine nicht körperlich. Trotzdem sehen sie sich regelmäßig. Er hat sie schon zweimal besucht. Ich finde ja, das gehört sich nicht."

„Nun, wenn er ihr helfen kann, den Schmerz zu überwinden", meinte Butch scheinheilig. „Diese Inder sollen ja über die seltsamsten Fähigkeiten verfügen. Haben Sie den Mann schon mal gesehen?"

„Ich spioniere doch meinen Nachbarn nicht hinterher!"

„Verzeihung, ich habe mich missverständlich ausgedrückt. Ich meinte eigentlich, ob Sie ihn auch schon konsultiert haben? Wissen Sie, meine Mutter ist sehr interessiert an unerklärbaren Fähigkeiten, und wenn Sie seine Adresse wüssten, wäre ich Ihnen sehr dankbar." Dabei blickte Butch sie so treuherzig an, dass Mrs Olson gar nicht auf den Gedanken kam, er könnte sich über sie belustigen oder eigentlich etwas ganz anderes wollen.

„Irgendwo in der City, genau weiß ich es nicht. Woher auch? Debbie hat mit mir nicht darüber gesprochen. Vielleicht irre ich mich ja", schloss sie achselzuckend, „und die Sache ist ganz harmlos."

„Natürlich. Eine trauernde Witwe braucht jede Hilfe und Unterstützung, die sie bekommen kann. Es muss furchtbar sein, plötzlich den Menschen zu verlieren, mit dem man so viele Jahre verbracht hat."

Mrs Olson seufzte, stand auf und goss sich noch einen Whisky ein. „Sie auch?" Fragend hob sie die Flasche.

„Nein danke, meine Kollegin wartet. Sie haben völlig Recht, wir sollten Mrs Grant heute Abend nicht mehr behelligen."

„Genau. Finden Sie allein raus?"

Als Butch zum Auto kam, freute er sich wie ein Schneekönig. Es kam selten genug vor, dass er wichtige Ergebnisse vorweisen konnte. Normalerweise arbeitete er lieber mit seinen Fäusten, doch heute hatte er bewiesen, dass auch sein Gehirn funktionierte.

Dementsprechend lobte Carol ihn, als er ihr die Geschichte erzählt hatte. „Wunderbar Butch, du hast sehr klug gehandelt. Aber jetzt müssen wir erst recht einen Weg finden, Mrs Grant zu beobachten. Wir können sie schließlich schlecht nach der Adresse fragen."

„Hm, ich könnte mein Motorrad holen und eine Panne vortäuschen."

„Dies ist keine Durchgangsstraße. Aber, warte mal, mir kommt da eine andere Idee. Wo ist der Stadtplan?"

Butch fand ihn auf dem Rücksitz und reichte ihn hinüber. Carol schaute sich den Straßenverlauf genau an. „Sieh mal, wenn einer hier und einer da parkt, müssen wir sie sehen, wenn sie Richtung Innenstadt fährt. Ich werde Tony nach ihrem Autokennzeichen fragen, dann dürfte das kein Problem sein."

„Das klingt nicht schlecht, nur ..."

„Was?"

„Dann ist jeder von uns auf sich gestellt. Und der Boss hat gesagt, wir sollen die Sache gemeinsam erledigen."

„Das darfst du nicht so eng sehen. Hauptsache, wir erfahren, was Mrs Grant so treibt."

In dem Moment verließ ihr Zielobjekt das Haus, ging in die Garage und kam in einem knallroten Mustang heraus.

„Prima", freute sich Carol, „den werden wir so schnell nicht aus den Augen verlieren."

Sie folgten dem Mustang in die City, wobei sie genügend

Abstand hielten. Doch als der Verkehr dichter wurde, mussten sie näher heran. Vor jeder Ampel presste Carol die Lippen zusammen und gab Gas, um ihr Zielobjekt nicht zu verlieren.

„Wenn das nur gut geht", murmelte Butch. Irgendwann musste der Frau doch auffallen, dass ein roter VW Käfer an ihr klebte. Doch anscheinend blickte sie kaum in den Rückspiegel oder rechnete einfach nicht mit einem Verfolger. Sie fuhren die Archer Avenue entlang und bogen dann in die Pershing Road. In der Michigan Avenue hielt sie vor einem imposanten Gebäude. Wieder einmal hatte Carol Glück und fand gleich einen Parkplatz am Straßenrand. Rechts und links standen so viele Autos, dass sie gar nicht auffielen.

„Was nun? Soll ich mal reingehen und fragen, ob der Herr mir helfen kann?", fragte Butch unternehmungslustig.

Carol schüttelte den Kopf. „Ich glaube nicht, dass man dir das Interesse an außergewöhnlichen Heilmethoden abnimmt. Außerdem siehst du unverschämt gesund aus. Reich mir bitte mal meine Tasche."

Das Handtäschchen war schwer und prall gefüllt. Neben ihrer kleinen Pistole, mit der sie hervorragend umgehen konnte, bewahrte Carol dort auch einige Schminksachen auf. Sie holte hellen Puder und dunklen Lidschatten hervor und verwandelte sich im Nu in eine blasse, leidende Frau. Butch sah ihr staunend zu.

„Ich werde mir den Herrn mal anschauen. Wer weiß, womöglich treffe ich auch auf Mrs Grant."

„Ich bleibe hier und behalte den Eingang im Auge. Wenn du nicht in fünfzehn Minuten wieder hier bist, komme ich dich holen!", versprach Butch.

Carol war froh, einen so verlässlichen Mann wie Butch in der Nähe zu wissen. Wenn Mrs Grant sogar versucht hatte, sich mit der Schwarzen Fledermaus anzulegen, konnte niemand ahnen, was man ihr noch alles zutrauen durfte. Aber warum hatte sie es getan? Diese Frage quälte Carol immer wieder. Sie fand keine Antwort.

Während Carol langsam mit schleppenden Schritten die Treppe zum Eingang hinaufging, saß Butch im Auto und beobachtete die Umgebung. Aus den Hochhäusern strömten noch immer Angestellte, obwohl die Zeit des Feierabends bereits vorüber war. Das Haus, welches Carol eben betreten hatte, wirkte gediegen. Es war mindestens neun Stockwerke hoch, der Eingang wurde von Marmorsäulen flankiert. Am Empfang saß ein Pförtner in Phantasieuniform, der die Besucher nach ihrem Anliegen fragte und entsprechend weiter lotste. Butch steckte sich eine Zigarette an. Immer wieder wanderte sein Blick zur Uhr. Wenn Carol etwas zustieße, würde der komische Inder das nicht überleben, und Mrs Grant auch nicht, schwor er sich. Er liebte die Freundin seines Chefs wie eine kleine Schwester und sorgte sich, wenn sie allein etwas unternahm. Wieder schaute er auf die Uhr. Es waren erst zehn Minuten vergangen. Da sah er Mrs Grant aus dem Haus kommen. Sollte er ihr folgen? Eigentlich lautete die Aufgabe ja, sie zu überwachen. Aber Carol allein lassen? Niemals! Mrs Grant würden sie schon wiederfinden. Er beschloss, noch fünf Minuten zu warten und dann das Haus zu stürmen. Wie das genau vor sich gehen sollte, wusste er zwar noch nicht, aber das spielte auch keine Rolle. Er steckte die nächste Zigarette an. Langsam wurde er nervös.

Endlich sah er sie. Sie verdeckte ihr Gesicht mit einem

Schal und ging seltsam schwankend. Er sprang aus dem Wagen und lief ihr entgegen. „Was ist los?"

Sie gab ein paar unterdrückte Laute von sich und stieg in den Käfer.

„Weinst du?", fragte Butch besorgt. „Ist etwas passiert?"

Da nahm Carol den Schal ab und wollte sich ausschütten vor Lachen. „Fahr schon", japste sie. „Es kann sein, dass er mich vom Fenster aus beobachtet. Los!"

Butch gab Gas. Als er an der nächsten Ampel halten musste, schaute er sie verständnislos an. „Was ist an der Sache so lustig?"

„Der Mann ist einfach zu perfekt, um wahr zu sein. Stell dir einen Inder mit Turban vor, blauer Brille, langem, schwarzem Bart und Pluderhosen. Da fehlt nur noch der Dolch im Gürtel und er könnte als Ali Baba oder Sindbad auftreten. Und Ahnung von Medizin hat er auch nicht."

„Ein Scharlatan, der Gutgläubigen das Geld aus der Tasche zieht."

„Sieht so aus. Lass uns mit Tony darüber reden. Dann muss ich nicht alles zweimal erzählen."

Tony war noch unterwegs, als sie das Labor betraten. Carol schrieb auf, was ihr aufgefallen war, um nichts zu vergessen. Butch schaute sich um, ob irgendwo noch etwas Essbares herumlag. In der Spüle fand er ein paar Äpfel, die Silk anscheinend vergessen hatte, und die er genüsslich verspeiste.

„Hoffentlich kommt der Chef bald, von den vier Äpfeln wird doch kein Mensch satt. Und die Küche möchte ich nicht betreten, solange niemand im Haus ist."

„Das ist sehr löblich, und Silk wird dir sofort etwas richten", erklang eine freundliche Stimme aus dem Hintergrund, wo sich die Falltür zu dem Geheimgang befand. Die Schwarze Fledermaus hatte sich wieder einmal unhörbar genähert. Hinter ihr stemmte sich Silk durch die Tür.

„Als ob unser Riesenbaby jemals satt würde", stöhnte er. „Aber ich werde gleich für uns alle etwas zubereiten. Doch vorher möchte ich noch hören, was ihr herausgefunden habt."

Stolz berichteten beide von ihren Erfolgen.

„Der Mann behauptet, Mediziner zu sein und in Indien studiert zu haben", erzählte Carol.

„Und? Woher weißt du, dass das nicht stimmt?"

„Ich habe ihm erzählt, mein Hausarzt habe Lykantropie diagnostiziert, und da die Krankheit so selten sei ..." Mehr verstand Butch nicht, da sowohl Tony als auch Silk in prustendes Gelächter ausbrachen. Ihnen beiden war sehr wohl bekannt, dass dies nicht der Name einer Krankheit war, sondern die Verwandlung eines Menschen in einen Werwolf bezeichnete. „Um Himmels Willen, Carol, wenn der Mann nun echt gewesen wäre ..."

„Dann hätte ich mich eben verhört gehabt. Schließlich kann man von einer schwer kranken, etwas dümmlichen Frau nicht erwarten, dass sie die medizinischen Fachwörter kennt und im Kopf behält. Jetzt können wir sicher sein, dass er lügt, er ist kein Arzt, und sein Gerede über seine angeblichen Fähigkeiten sind Ammenmärchen. Ich bin nicht einmal sicher, ob er überhaupt Inder ist. Sein Akzent klang irgendwie aufgesetzt. Er meinte, ich solle viel Obst essen, wegen der Vitamine und dann empfahl er mir gymnastische Übungen an der frischen Luft. Das Ganze hat mich vierzehn Dollar gekostet. Übrigens soll ich nächste Woche wiederkommen. Was meinst du, ob er der Liebhaber von

Mrs Grant ist? Dann hätte sie zweifachen Grund gehabt, ihren Mann um die Ecke bringen zu lassen, oder es selbst zu tun. Die Versicherungssumme und ihr Geliebter. Oder sie waren beide beteiligt. Einer hat geschossen, der andere geschlagen."

„Da ist etwas dran. Doch wir brauchen Beweise, eindeutige Beweise, die vor Gericht standhalten. Weißt du, seit wann dieser Inder in Chicago ist?"

„Nein, aber das kann ich problemlos rausfinden. Ich habe eine Bekannte bei der Zeitung, die sich sehr für die seltsamen Fähigkeiten mancher Asiaten interessiert. Die kann ich auf den Kerl ansetzen."

„Sehr gut. Dann tu das bitte gleich morgen früh."

Nun erzählte Tony von seinem Besuch bei dem ehemaligen Leibwächter.

„Warum hältst du Alfredo für so wichtig? Der wird schon irgendwann gefunden werden ... mit den Füßen in einem Eimer Beton. Das kennt man doch."

„Vielleicht. Vielleicht hat ihn auch längst ein anderes Schicksal ereilt."

„Kannte Mrs Grant Alfredo?"

„Das ist eine sehr gute Frage, Silk", lobte Quinn seinen Mitarbeiter. „Und die Antwort sollten wir uns so schnell wie möglich beschaffen."

Während Butch mit Silk in die Küche ging, um bei dem nächtlichen Imbiss für Quantität zu sorgen – Silk war mehr für die Qualität zuständig – versuchte Carol ihrem Tony ein paar Vermutungen zu entlocken. Vergeblich. Solange er seiner Sache nicht sicher war, vermied er es, darüber zu reden.

Es war spät geworden, und da es am nächsten Tag wieder viel zu tun gab, verabschiedeten sich die Freunde, sobald sie das von Silk und Butch aufgetragene Essen genossen hatten.

Am nächsten Morgen wurde Tony beim Frühstück gestört. Er hatte gerade seine erste Tasse Kaffee getrunken als es klingelte.

„Geh öffnen", bat er Silk. „Um diese Zeit kann es sich nur um Warner oder McGrath handeln." Dabei nahmen seine Augen den bekannten starren Ausdruck an, und Silk schob die Zeitung außer Sichtweite.

Kommissar Warner kam herein, begrüßte Quinn kurz und berichtete dann sofort: „Gestern Abend ist der Polizei ein bedeutender Schlag gegen das Glücksspiel gelungen. Endlich können wir Maggiare seine üblen Geschäfte nachweisen!"

„Das freut mich für Sie, Kommissar", gab Quinn zurück. „Wer ist noch bei Ihnen? Ich hörte Schritte von zwei Personen."

McGrath stapfte auf Quinn zu, baute sich vor ihm auf und wollte gerade loslegen, als Warner ihn zur Ordnung rief. „Inspektor McGrath ist bei mir. Ihm haben wir den Erfolg zu verdanken."

„Ich schmücke mich nicht mit fremden Federn", knurrte der Inspektor übellaunig. „Die Aktion erfolgte auf einen Hinweis der Schwarzen Fledermaus. Er schickte uns Fotos von Dokumenten, die uns den Zugriff ermöglichten."

„So, so", lächelte Quinn. „Dann sollte ich eigentlich geschmeichelt sein, wenn Sie mich ab und zu mit diesem Mann verwechseln. Aber Spaß beiseite. Ich gratuliere Ihnen. Dass Maggiare endlich hinter Gittern sitzt, ist auch Ihr Erfolg, Inspektor. Bitte setzen Sie sich und trinken Sie einen Kaffee mit. Silk, noch zwei Gedecke!" Erst als er hörte, dass seine Gäste Platz genommen hatten und Silk Kaffee einschenkte, sprach er weiter. „Haben Sie alle Clubs geschlossen? Wie ich erfahren habe, besitzt Maggiare eine ganze Reihe."

„Natürlich, Tony", antwortete der Kommissar. „Und als seine Angestellten das mitbekamen, fielen sie reihenweise um und boten sich als Kronzeugen an. Sie singen wie die Vögel im Frühling. Jedenfalls gibt es mehr als genug Beweismaterial, sodass wir vor Gericht nicht auf die Unterlagen der Schwarzen Fledermaus zurückgreifen müssen. Wir können den Maskierten ja schlecht in den Zeugenstand rufen. Sie sollen übrigens die Anklage vertreten. In Ihrem Büro wartet bereits ein Wust von Vernehmungsprotokollen. Vielleicht finden Sie ja heraus, ob eine weitere Verbindung zum Fall Grant existiert. Maggiares Leute sagten aus, dass es eine geheime Abmachung zwischen den beiden gegeben hätte."

Quinn musste sich zusammenreißen, um nicht zu schmunzeln. Schließlich kannte er die geheime Abmachung genau. Um sich und seine Gäste abzulenken tastete er vorsichtig nach seiner Tasse, fand sie, nahm einen Schluck und verzog das Gesicht. Wieder fuhr seine Hand suchend über den Tisch, und Silk schob ihm die Zuckerdose hin. McGrath beobachtete, wie Quinn den kleinen Löffel ergriff, ihn in den Zucker stieß und gefüllt zur Tasse führte, deren Rand er mit der anderen Hand umfasst hielt. Langsam rieselte der Zucker in den Kaffee. Während der gesamten Aktion starrten seine Augen wenige Zentimeter an McGrath vorbei, während das Gesicht angestrengte Konzentration verriet. Nach einem weiteren Schluck, den er dieses Mal mit sichtlichem Wohlbehagen genoss, gab er Antwort.

„Nun, das herauszufinden dürfte kein Problem sein. Aber was sagen Grants Kollegen dazu? Ich meine seine Parteifreunde. Falls es tatsächlich weitere Verbindungen geben sollte, wird viel schmutzige Wäsche gewaschen. Ist der District Attorney damit einverstanden?"

„Genau deshalb hat man Ihnen den Fall übertragen. Als Blinder haben Sie eh keine Chance, Karriere in der Politik zu machen. Folglich kann es Ihnen auch egal sein, was bei Ihren Untersuchungen herauskommt. Der District Attorney will die Wahrheit, aber möglichst so, dass niemand kompromittiert wird. Grant stand auf der politischen Leiter ziemlich weit oben."

„Das ist mal wieder typisch. Ich soll einen Kuchen backen, aber keine Eier zerschlagen. Immer gibt man mir die komplizierten Fälle. Aber gut, Maggiare interessiert mich und Grant natürlich auch."

„Ich wusste doch, dass Sie die Sache übernehmen." Zufrieden stand Warner auf. McGrath, der Quinn keine Sekunde aus den Augen gelassen hatte, folgte mit unglücklicher Miene. Wieder einmal hatte er keinen einzigen Hinweis darauf gefunden, dass Quinn sehen konnte. Wie schon fast üblich, hielt er dem Staatsanwalt die Hand hin. „Auf Wiedersehen, Mr Quinn!"

Quinn lächelte. „Ich wette, Sie halten mir die Hand hin, Inspektor. Ihre Stimme klingt ein wenig lauernd." Damit streckte Quinn seine Hand aus, wenigstens zwanzig Zentimeter von McGraths Hand entfernt. Da Silk und Warner amüsiert grinsten, konnte der Inspektor schlecht leugnen, ergriff Quinns Hand und verabschiedete sich kurz und knapp.

Silk drängte. „Sie haben einen Termin bei Gericht, Sir, wir sollten uns beeilen."

Vier Stunden später saß Quinn in seinem Büro und ließ sich von Silk die Akten vorlesen, die zum Fall Maggiare bereits vorlagen. Der Inspektor hatte gute Arbeit geleistet, die Angestellten gegeneinander und gegen ihren Chef ausgespielt, sodass es eine Menge weiterer Informationen gab.

Quinn telefonierte mit dem Untersuchungsgefängnis und bat, man möge ihm Maggiare zum Verhör schicken.

„Sie können mir gar nichts beweisen!", waren dessen erste Worte, als er in Handschellen in Quinns Büro geführt wurde. „Ich hatte in letzter Zeit viel Ärger mit meinen Leuten. Meinen Leibwächter musste ich sogar entlassen. Wenn die etwas gegen mich aussagen, wollen sie sich nur rächen."

Innerlich musste Quinn lachen. Auch Giovanni hatte es erwischt. Und er war der Erste gewesen, der sich als Kronzeuge angeboten hatte, in der Hoffnung billig davonzukommen.

Der Polizist, der Maggiare hereingeführt hatte, drückte ihn auf den Stuhl vor Quinns Schreibtisch und stellte sich an die Tür, um aufzupassen.

Mit trauriger Miene schüttelte Quinn den Kopf. „Nein, Maggiare, dieses Mal gibt es kein Entrinnen. Das Gefängnis ist Ihnen sicher. Glücksspiel und Prostitution. Die Polizei besitzt alle Ihre geheimen Unterlagen. Die gesamten Abrechnungen der letzten Jahre. Und wenn wir Ihnen den Mord an Grant nachweisen, bedeutet das für Sie den Stuhl."

„Nein! Ich habe niemals jemanden ermordet. Und überhaupt, wie ist die Polizei an meine Unterlagen gekommen?

Wenn sie illegal beschafft wurden, dürfen sie vor Gericht gar nicht verwendet werden."

„Sie kennen sich aus. Aber die Dokumente werden verwendet, um den Geschworenen Ihre Schuld zu beweisen. Ein paar Kopien erhielt die Polizei anonym."

„Anonym?"

Quinn sah deutlich, wie es in Maggiare zu arbeiten begann. Wer konnte ihm das angetan haben?

„Alfredo?", murmelte er vor sich hin. „Sollte er ... aber nein, er ist mein Neffe. Er würde doch nicht, oder vielleicht doch ..." Maggiare geriet ins Stottern.

„Das ist gut möglich." Quinn nickte, als habe Maggiare einen Verdacht bestätigt. „Es gibt Fingerabdrücke auf den Kopien", bluffte er. „Wenn wir auch von Alfredo Fingerabdrücke hätten, könnten wir es eindeutig beweisen."

Der Polizist an der Tür zog ein erstauntes Gesicht. Er kannte den Fall, wusste aber nichts von einem anonymen Brief oder gar Fingerabdrücken. Doch er hielt den Mund. Quinn war dafür bekannt, dass er einem Verdächtigen alles entlockte, was auch nur annähernd wichtig war.

„Das Schwein! Wenn er mich verraten hat, verdient er keine Schonung. Er besaß eine eigene Suite in meinem Haus. Ganz oben unter dem Dach. Da konnte er kommen und gehen ohne jemanden zu stören. Ich habe ihn wie meinen Sohn behandelt. Lassen Sie in den Dachräumen nach Fingerabdrücken suchen, und dann sagen Sie mir, ob er den Brief geschrieben hat. Wenn ja, werde ich Ihnen einiges über ihn erzählen. So ein Verrat gehört bestraft."

Damit war es mit der Redseligkeit des Gefangenen erst einmal vorbei. Bevor er nicht genau wusste, wem er seine Misere verdankte, wollte er kein Wort mehr sagen.

Quinn gab Befehl, ihn abzuführen.

„Ich verstehe Sie nicht“, meinte Silk, als sie wieder allein waren. „Wozu brauchen Sie Alfredos Fingerabdrücke?“

„Ich habe da eine Theorie, die so verrückt ist, dass ich sie vorläufig nicht äußern möchte. Heute Nacht, wenn ich Alfredos Fingerabdrücke habe, werden wir darüber reden. Rufe bitte Carol und Butch an, sie sollen Mrs Grant weiterhin im Auge behalten, aber bloß kein Risiko mehr eingehen. Sie dürfen sich unter keinen Umständen erwischen lassen, und das heißt auch: Kein Besuch bei dem Inder, klar?“

Silk ging, die Anrufe zu tätigen. Das tat er lieber nicht vom Büro aus.

Quinn konnte es kaum erwarten, bis es endlich dunkel wurde. Natürlich hätte er Polizisten schicken können, doch welchen Grund hätte er angeben sollen, weshalb er Alfredos Fingerabdrücke brauchte? Er vermochte seine verrückte Theorie ja kaum selbst zu glauben. Doch von welcher Seite er sie auch betrachtete, sie erklärte alle Fakten, die sie bisher gefunden hatten.

Kaum begann es zu dämmern, da flog die Schwarze Fledermaus aus. Da Butch und Carol noch unterwegs waren, übernahm Silk es, den gefürchteten Gangsterjäger zu fahren. Er kannte den Weg, und noch bevor es richtig dunkel war, hatten sie die Adresse erreicht. Natürlich hatte die Polizei die Haustür versiegelt. Quinn umrundete das Gebäude, um es wieder durch den Hintereingang zu betreten. Wenn es sich vermeiden ließ, wollte er das Siegel an der Haustür nicht verletzen. Dieses Mal brauchte er weder Hunde noch Wächter zu fürchten. Die einen befanden sich im Tierheim, die anderen im Knast, und die Stolperdrähte hatte die Polizei auch entfernt.

Doch auch an der hinteren Tür klebte ein Siegel. Mit einer speziellen Lösung weichte die Schwarze Fledermaus vorsichtig den Leim auf, bis es sich abziehen ließ. Anschließend steckte der Mann in Schwarz es in seine Brieftasche, um es auf dem Rückweg wieder anzubringen.

Der Anbau wirkte aufgeräumter als bei seinem ersten Besuch. Ob die Polizisten auch dafür verantwortlich waren? Ohne sich im Erdgeschoss aufzuhalten, stieg er die breite Treppe hinauf. Er ging über den langen Flur bis zum Ende und erklomm eine schmale Stiege, die in das Dachgeschoss führte.

Wie beschrieben, fand er eine kleine, gemütlich eingerichtete Suite. Schon während des Nachmittags hatte er überlegt, wo er am wahrscheinlichsten die Fingerabdrücke des ehemaligen Bewohners finden würde, weshalb er jetzt schnurstracks ins Bad ging, sich Kamm und Zahnbürste schnappte und sein Etui mit dem Werkzeug hervorholte. Das enthielt auch einen Pinsel zum Bestäuben und Klebefolie, um die Abdrücke zu sichern. Nach einem ersten, oberflächlichen Blick schienen es die gleichen zu sein. Vorsichtshalber ging er auch ins Wohnzimmer hinüber zur Bar und nahm dort ein paar Abdrücke. Zwischendurch lauschte er auf verräterische Geräusche, doch im Haus blieb es still. Da er kein Licht brauchte, fiel er keinem Nachbarn und vor allem keinem beobachtenden Polizisten auf. Als er genügend Abdrücke gesammelt hatte, verließ er das Haus auf dem gleichen Weg, auf dem er gekommen war und vergaß auch nicht, das Polizeisiegel wieder anzubringen. Obwohl alles in ihm vor Spannung vibrierte, vergaß er doch keinen Moment die Vorsicht. Erst als er bei Silk im Auto saß, lehnte er sich entspannt zurück.

„Nach Haus."

„Waren Sie erfolgreich?"

„Das wird sich gleich zeigen. Fahr."

Silk kannte seinen Chef. Wenn der so wortkarg war, beschäftigte ihn der Fall. Und reden würde er erst, wenn er seiner Sache sicher war. Silk fuhr schnell, doch hielt er sich an die Geschwindigkeitsbegrenzungen. Nicht auszudenken, wenn der Wagen von einem Verkehrspolizisten angehalten würde! Natürlich trug Quinn wieder den breitkrempigen Hut, der ihn unkenntlich machte, aber eben nur für die Autofahrer und Fußgänger, die einen Blick ins Wageninnere warfen, während sie vor einer roten Ampel hielten. Nicht jedoch für einen neugierigen Polizisten, der eine Verkehrskontrolle durchführte, und Quinn hatte keine Lust zu erklären, warum ein blinder Staatsanwalt nachts in Schwarz gekleidet in einem alten, unscheinbaren Ford Coupé unterwegs war.

Wohlbehalten erreichten sie Western Springs. Im Labor warteten Carol und Butch bereits auf sie. Butch hatte sich ein paar Hamburger mitgebracht, die er genüsslich verspeiste. Carol saß im Sessel und rauchte eine Zigarette. Beide brannten darauf, Quinn von ihren Beobachtungen zu erzählen. Doch der nahm sich nicht einmal die Zeit, Carol zu umarmen. Nach einem kurzen Nicken verschwand er, um wieder seinen üblichen, grauen Anzug anzuziehen. Als die beiden von ihren heutigen Beobachtungen berichten wollten, winkte Quinn nur ab und setzte sich an den Schreibtisch, um sofort mit der Untersuchung der Abdrücke zu beginnen. Er holte eine Lupe aus der Schublade, schaute sich die Abdrücke ganz genau an, errechnete ihre Formel und notierte diese. Er suchte die Abdrücke heraus, die er zu Beginn des Falles dem Toten abgenommen und jene, die er im Grantschen Haus sichergestellt hatte. Auch diese betrachtete er mit der Lupe und hielt deren Formel fest.

Bisher hatte er dafür keine Veranlassung gesehen. Was zu Beginn als nebelhaftes Gedankenspiel durch sein Hirn gespukt war, schien im Laufe des Falles immer unwahrscheinlicher zu werden. Doch nun erwies sich wieder einmal, wie gut es war, von Anfang an allen Möglichkeiten nachzugehen und auch für das Unwahrscheinliche offen zu sein.

Endlich hob er den Kopf, legte Lupe und Stift beiseite und erklärte seinen Freunden: „Der Fall ist fast gelöst."

„Was?", Carol und Butch riefen es wie aus einem Mund. Auch Silk blickte überrascht zu seinem Chef hinüber.

„Einen Besuch muss ich noch erledigen, dann haben wir hoffentlich den Täter."

„Hm, das sind die Fingerabdrücke von Alfredo und aus Grants Villa", meinte Carol nachdenklich. „Ich wette, Alfredo ist Mrs Grants Liebhaber und versteckt sich unter der Maske des Inders. Bedingt durch Turban, Brille und Bart kann man dessen Gesicht ja kaum erkennen. Im Übrigen wäre es auch nicht das erste Mal, dass sich eine Frau in einen jüngeren Mann verliebt und deswegen ihren Alten loswerden will", vermutete Carol.

Butch nickte. „Dazu kommen die Versicherungssumme und der Erlös aus dem verkauften Diebesgut. Kein schlechtes Geschäft."

„Haben wir Recht, Tony?", fragte Carol.

Der lächelte. „Sei nicht so ungeduldig. Bald erfahrt ihr alles.“ Dabei blickte er auf die Uhr. „Wir müssen uns beeilen. In zwei Stunden wird es hell, dann haben Fledermäuse zu verschwinden.“

„Verrate uns wenigstens, ob dein Besuch dem Inder gilt“, bat Carol.

Quinn brummte: „Hm!“ Er war schon dabei, sich wieder in die Schwarze Fledermaus zu verwandeln.

„Kein Problem, das schaffen wir, Sir. Ich mache das Coupé startklar“, rief Silk auf dem Weg zur Falltür.

„Das lasse ich mir nicht entgehen. Ich fahre mit dem Motorrad vor. Dann kann ich Sie warnen, falls es irgendwo eine Verkehrskontrolle geben sollte.“ Auch Butch hatte jetzt das Jagdfieber ergriffen.

„Ich bin auch dabei. Keine Widerrede!“, rief Carol entschlossen, während Tony sein Messer einsteckte und seine Pistolen kontrollierte.

Unterwegs im Auto beschrieb Carol die Wohnung des angeblichen Inders. „Er wohnt im zweiten Stockwerk nach vorn heraus. Aus dem Fenster hat man die Straße im Blick. So kann er genau sehen, wer kommt. Von der Diele zweigen vier weitere Türen ab, eine ziemlich große Wohnung also. Vor seinem angeblichen Praxisraum gibt es ein kleines Wartezimmer, vermutlich hat er einfach einen großen Raum geteilt, denn das Wartezimmer hat kein Fenster. Es enthält vier Stühle und eine Garderobe und ist damit gut gefüllt. Der Raum, in dem er seine sogenannten Patienten behandelt, ist mit dunkelblauem Stoff ausgeschlagen. Ehrlich Tony, das Ganze wirkt irgendwie gruselig. Da fällt mir ein, meine Bekannte von der Zeitung hat sich gemeldet. Der Kerl hat das Apartment vor vier Wochen gemietet.“

„Er hat alles gründlich vorbereitet.“

„Auffallend ist, dass er kaum Werbung gemacht hat. Seine Patienten findet er allein durch Mundpropaganda."

Silk, der am Steuer saß, hörte gebannt zu. Während ihrer Erzählung hielt Carol Tonys Hand fest umschlossen. Die Minuten, in denen sie einander nahe waren, genoss sie immer ganz besonders. Egal, wann und wo das war.

„Angeblich besuchen ihn sogar betuchte Leute und lassen viel Geld bei ihm. Verstehst du das? Wie kann ein intelligenter Mensch auf so einen Mumpitz hereinfallen?"

„Nun ja", sagte Tony ernst. „Wer verzweifelt ist, ist auch bereit, sich einem Scharlatan anzuvertrauen. Und für die anderen bietet er eine angenehme Abwechselung."

Silk fuhr unerlaubt schnell. Weit vor sich sah er die Rücklichter von Butchs Motorrad. Schon bald hatten sie Chicago Downtown erreicht. Jetzt fuhr Butch etwas langsamer und lotste Silk zu der Adresse.

Dort umrundeten sie den Block, doch gab es keine Möglichkeit, von der Straße auf die Rückseite des Gebäudes zu gelangen. Silk steuerte eine dunkle Hofeinfahrt schräg gegenüber an, Butch folgte.

„Was nun, Sir? Die einzige Möglichkeit ins Haus zu kommen, ist der Haupteingang. Und die Pförtnerloge ist selbst um diese Zeit noch besetzt. Sie können sich nicht darauf verlassen, dass der Kerl schläft."

„Nein, deshalb wirst du ihn weglocken. Vier Häuser weiter habe ich eine Telefonzelle gesehen. Lass dir etwas einfallen, Silk."

„Warte!", rief Carol, als Silk schon den Wagen verlassen wollte. „Ich habe mir die Nummer des Pförtners vorsichtshalber notiert. Dann brauchst du nicht lange zu suchen."

„Prima!"

Silk lief über die Straße, um sich die Namen auf den Klingeln anzuschauen, wählte einen aus, dessen Träger im oberen Stock wohnte und rannte zur Telefonzelle. „Ja Hallo!", rief er als der Pförtner sich meldete und gab seiner Stimme einen leicht schwankenden Klang. „Ich rufe ... hicks ... im Auftrag von Mr Llewellyn an, er ist ... eh ... nicht wohl und glaubt, den ... eh, den Herd angelassen zu haben. Könnten Sie mal ... hicks ... nachgucken? Ich meine ... eh ..."

„Ich habe schon verstanden. Ich gehe gleich rauf."

Noch bevor Silk wieder da war, meldete Butch, der sich an der Straße postiert hatte, dass der Pförtner seinen Platz verließ. Wie ein Schatten huschte die Schwarze Fledermaus über die Straße und verschwand im Inneren des Hauses. Glücklicherweise kam gerade kein Auto vorbei, und Fußgänger waren kaum noch unterwegs.

„Welche Aufträge hat der Chef für uns?", fragte Silk, kaum dass er wieder im Ford saß.

„Die Tür im Auge behalten und in fünfzehn Minuten nachkommen, wenn Tony dann nicht wieder da sein sollte", antwortete Carol. Sie war immer nervös, wenn Tony als Schwarze Fledermaus unterwegs war.

Der hetzte inzwischen die Treppe zum zweiten Stock hinauf. Oben angekommen, sah er sich kurz um. Nicht alle Türen hatten Namensschilder, doch von Carol wusste er, wo der Verdächtige wohnte. Er zog sein Werkzeugetui heraus, wählte den passenden Dietrich und öffnete geräuschlos die Tür. Leise schloss er sie hinter sich.

Genau wie von Carol beschrieben, stand er in einem schmalen, langen Flur, von dem vier Türen abgingen. Die erste rechts führte in den Warteraum der angeblichen Praxis, die zweite in ein Badezimmer, geradeaus ging es ins

Wohnzimmer, wie der Maskierte nach einem schnellen Blick feststellte. Als er die Tür der linken Seite kontrollieren wollte, spürte er einen unangenehmen Druck im Rücken und eine Stimme flüsterte hasserfüllt: „Hände hoch! An die Wand und umdrehen!"

Die Schwarze Fledermaus fluchte unhörbar. Wie hatte er sich nur so überrumpeln lassen können! Er trat an die Wand und drehte sich um. Im gleichen Moment wurde das Flurlicht eingeschaltet. Es war John Grant und kein anderer, der im Schlafanzug vor ihm stand, in der Hand einen großkalibrigen Revolver. Quinn erkannte ihn sofort nach den vielen Bildern.

„Wer sind Sie? Und was wollen Sie hier?"

„Haben Sie noch nie von der Schwarzen Fledermaus gehört?"

„Die Schwarze Fledermaus, hm. Ich denke, die besucht nur Verbrecher. Ich bin ein ehrlicher Mann", versuchte er es mit einem Bluff.

„Gut, dann können Sie ja den Revolver weglegen."

„Kommt nicht in Frage. Erst will ich wissen, warum Sie sich hier einschleichen wie ein Dieb. Und die Hände bleiben schön oben", fügte er noch hinzu, als die Schwarze Fledermaus eine entsprechende Bewegung machte.

„Schatzilein, was ist denn los?", ertönte eine weibliche Stimme aus dem Schlafzimmer.

„Bleib, wo du bist und stör mich nicht!", rief der Revolverheld zurück.

„Ihre Frau?", fragte der Maskierte. Natürlich hatte er die Stimme sofort erkannt.

„Ruhe! Ich muss nachdenken."

Der Pistolenlauf zielte noch immer auf Quinns Herz.

Auch der überlegte. Auf eine Schießerei durfte er es nicht ankommen lassen. In dieser Gegend würde die Polizei schneller da sein als er flüchten konnte. Lange zögern durfte er aber auch nicht, denn wenn seine Freunde die Wohnung stürmten, konnte es für alle Beteiligten gefährlich werden.

„Sie sind John Grant. Warum haben Sie Ihren Tod inszeniert? Aus Angst vor den Gläubigern?"

„Natürlich, warum sonst? Aber da Sie wissen, wer ich bin, kann ich Sie nicht am Leben lassen. Verdammt!" Er zog die Stirn in Falten. Offensichtlich überlegte er, wie er den ungebetenen Gast schnellstmöglich und unauffällig ins Jenseits befördern sollte.

„Wie haben Sie mich entdeckt?", fragte der Mann in Schwarz. Zum einen interessierte ihn die Antwort auf diese Frage wirklich, zum anderen wollte er Grant am Reden halten und damit von der Waffe ablenken, um im richtigen Moment zuschlagen zu können.

„Das war einfach", prahlte der. „Ich habe die Tür mit einer Alarmanlage verbunden. Wird sie nicht mit dem richtigen Schlüssel geöffnet, ertönt ein Signal direkt an meinem Bett. Meine eigene Erfindung. Niemand weiß davon, also kann mich auch niemand überraschen. Dumm gelaufen, was?" Er grinste über das ganze Gesicht, und im Gefühl des Triumphs wischte der Revolverlauf leicht zur Seite.

In diesem Moment sprang die Schwarze Fledermaus mit unglaublicher Schnelligkeit zur Seite, zog und schleuderte in einer gleitenden Bewegung sein Messer zur Lampe, die nur Sekundenbruchteile später zerbarst.

Grant schrie auf, als es plötzlich dunkel wurde, doch er schoss nicht. Anscheinend wollte auch er die Nachbarn nicht unnötig aufmerksam machen. Die Schwarze Fledermaus sah genau, wie Grant versuchte, Deckung zu finden und dabei über eine Teppichkante stolperte. Er stürzte und kroch auf allen vieren hinter einen Sessel. Langsam schob er Gesicht und Waffe um eine Kante, konnte aber nichts erkennen. Für die Schwarze Fledermaus hingegen war es ein Leichtes, unhörbar hinüber zu schleichen und den angeblich Ermordeten mit einem Schlag seines Pistolengriffs zu betäuben.

Anschließend rannte er in das Zimmer, aus dem er Mrs Grants Stimme gehört hatte. Keine Sekunde zu früh. Die Frau schob gerade den Sicherungsflügel ihrer Waffe zurück, als sie einen riesigen schwarzen Schatten auf sich zufliegen sah. Sie schrie auf und verlor die Besinnung. Quinn hatte weder die Zeit noch die Lust mit dieser Frau rücksichtsvoll umzugehen. Schnell band er ihr die Hände mit einem Stück Gardinenkordel zusammen. Ebenso ihrem Ehemann. Das musste reichen, bis die Polizei anrückte.

Er griff zum Telefon, wählte die Privatnummer von McGrath und gab sich als Schwarze Fledermaus zu erkennen. Er nannte die Adresse und fügte an, dass der Mörder im Falle Grant dort abgeholt werden könnte. Quinn baute auf die Neugier des Inspektors. Der würde sicher zuerst hierher fahren, um zu sehen, wer denn nun der Täter war, bevor er den Staatsanwalt aufsuchte.

Jetzt musste er nur noch ungesehen am Pförtner vorbei. Doch Carol hatte mitgedacht und sorgte im Hauseingang rechtzeitig für Ablenkung. Sie stand vor der Pförtnerloge und verstellte dem Mann die Sicht, während sie wie ein Wasserfall auf ihn einsprach. Aus den Augenwinkeln sah sie die Schwarze Fledermaus vorüberhuschen.

Wenige Sekunden später saßen alle im Auto. In der Ferne

erklang bereits ein Martinshorn. „Los!“, befahl Quinn. „McGrath wird gleich hier auftauchen.“

„Warum haben Sie ausgerechnet den verständigt?“, fragte Silk entsetzt. „Der wird doch sofort den Staatsanwalt aufsuchen.“

„Ich denke nicht. Zum einen ist McGrath gar nicht so wild darauf, die Schwarze Fledermaus zu überführen wie er uns glauben machen will, zum anderen ist er viel zu neugierig, wen er an dieser Adresse, die in dem Fall bisher gar nicht aufgetaucht ist, vorfinden wird.“

Silk brummte ungläubig und bearbeitete das Gaspedal.

Daheim im Labor konnten die Freunde ihre Neugier nicht länger bezwingen. „Bitte Tony“, bettelte Carol. „Sag uns endlich, wer der Mörder ist.“

„John Grant.“

„Was? Das ist doch nicht möglich“, rief sie, und Butch schaute so verdutzt, dass Silk zu lachen anfing.

„Ich verstehe. Dann handelt es sich bei der Leiche um den verschwundenen Alfredo, richtig?“

„Genau!“

„Also Versicherungsbetrug und Flucht vor den Gläubigern. Und Sie haben es von Anfang an vermutet. Sie sind genial, Sir“, sagte Silk ehrfürchtig.

Quinn lächelte. „Ich war im Vorteil: In der Mordnacht konnte ich Mrs Grant sehr genau beobachten. Sie war nicht ganz so verstört wie eine Frau es sein sollte, die gerade ihren toten Mann gefunden hat. Und dann gab es in dem Wohnzimmer noch ein paar sehr wertvolle Sachen, die der angebliche Einbrecher übersehen hatte: Auf dem Tisch lag ein protziges Zigarettenetui mit einem Brillanten, und die Ohrringe, die Mrs Grant so achtlos auf das Sideboard gelegt hatte, enthielten echte Steine. Kein Dieb, der so viel von Kunst versteht, dass er eine Bilderfälschung auf den ersten Blick erkennt, hätte die offensichtlich teuren Stücke zurück gelassen. Das machte mich von Anfang an misstrauisch."

„Wer außer dir hätte das bemerkt? Tony, du bist der klügste Mann, den ich kenne", sagte Carol.

„Ach was", wehrte Quinn bescheiden ab. „Ich hatte den Vorteil, dass ich mich, bedingt durch die schwarze Brille, ungehemmt umschauen konnte."

„Eines verstehe ich noch nicht", sagte Butch. „Wieso hat Grant erst geschossen und dann noch zugeschlagen?"

„Ich vermute, sie haben versucht, das Gesicht durch den Schuss unkenntlich zu machen. Den kann man aus der Entfernung abfeuern. Das Zerschlagen eines Gesichts ist eine äußerst brutale Angelegenheit, selbst wenn das Opfer bewusstlos ist."

Butch nickte. Das war eine logische Erklärung.

Silk stand auf und kam mit einem Tablett und gefüllten Gläsern zurück.

„Gratuliere, Sir, den Fall haben Sie gelöst! Niemand außer Ihnen wäre auf die Idee gekommen, dass es sich um das falsche Opfer handelt."

„Wir, Silk. Wir haben den Fall gelöst! Ohne so großartige Mitarbeiter wie euch hätte ich es nicht geschafft!"

Weiter geht es mit
Band 3

Eine Falle für die Fledermaus

Hier
lauert
feinster
Nervenkitzel!
www.BLITZ-Verlag.de
BLITZ